萨顿的奋斗史

Sadun de fendoushi

[美] 霍瑞修·爱尔杰 著

Ailsa 译

牧师之子的成长战争

百花洲文艺出版社
BAIHUAZHOU LITERATURE AND ART PRESS

目 mulu 录

第 1 章

牧师的儿子

"要是我们不这么穷就好了，萨顿。"格兰特太太沮丧地
说。

"是发生了什么新的事情才让您这么说的吗，妈妈？"一个
15岁的孩子回答道，刚才格兰特太太就是在跟他讲话。

"没有什么新的事情，还是以前的老问题。这是店主都德先
生写给我们的字条。"

"让我看看，妈妈。"

萨顿从母亲手里接过一个黄色的信封，打开信封，从里面拿出半张看起来很粗糙的信纸，只见上面写道：

1857年7月7日

里夫·约翰·格兰特：

亲爱的先生，以上是前6个月内您所有蔬果和其他物品的账单，一共是67美元34美分。这笔账本应已经支付。我简直无法理解，您，身为一名教会的牧师，怎么能在不支付账单的情况下使用这些物品呢？如果我记得没错的话，《圣经》上有这么一句，"不可欠人物品。"据我的理解，您应该很尊重《圣经》的权威性，所以我希望您能尽快支付。

尊敬您的托马斯·都德

萨顿立刻变得气愤起来。"我觉得这封信太无礼了，妈妈。"他说道。

"每个人都应该有自己的钱，这说得是对的，萨顿。"

"是的，但是他可以更加礼貌一些，不要寻我那没钱付账的可怜爸爸开心啊！要是有钱的话，爸爸会准时付账的。"

"上帝知道他会的，萨顿。"他母亲叹着气说。

"我会给都德先生一个交代。我宁愿付给他钱。"

"不，萨顿，虽然他这个人既不善良也不会为别人着想，不过他的要求是合理的。要是我知道该去哪里弄钱就好了！"

"您把账单给爸爸看了吗？"萨顿问道。

"没有，你知道你父亲是一个不讲实际的人。这只会让他着急，不知道该怎么办。你父亲没有一点商业头脑。"

"他是个很有学问的人。"萨顿自豪地说。

"是的，他从大学毕业的时候成绩很好，而且他的同行们也都很尊敬他，不过他确实没有任何商业天赋。"

"但是您有，妈妈。如果您是个男人的话，您一定比他做得好。要不是您管这个家，我们的情况肯定比现在糟糕得多。全靠您，我们才能继续维持下去。"

"我很高兴你能这么想，萨顿。我已经尽力了，可是要是没有钱的话，再会管家也付不了账啊！"

确实，牧师的妻子是一个非常实际的人，她知道如何打理牧师那为数不多的收入。在这方面，她跟自己那博学的丈夫截然不同，后者对于商业的了解简直就像个孩子一样。可是她非常清楚地知道，有一样东西比管家的本事更加重要，那就是随时可取的现金。

"想要每年靠600美元来维持一个家庭是一件很难的事情，萨

顿，而且我们家还有三个孩子。"他母亲接着说。

"我不明白为什么像爸爸这样的人不能多赚一些钱。"萨顿说，"威弗利的史坦多先生每年可以赚1500美元，可是我敢肯定他的能力跟爸爸无法比。"

"确实如此，萨顿，可是你爸爸非常谦虚，他不会自吹自擂，而据我所知，史坦多先生是一个自视甚高的人。"

"他嗓门很大，很多人去听他的布道，好像他是个预言家一样……"萨顿好像也不知道该如何说完这句话。

"你爸爸从来不会推销自己，他是一个很谦虚的人。"

"我想我们欠下的账单不止这一张。"萨顿说。

"是的，我们没有付的账单至少还有200美元。"母亲回答。

萨顿吹了一声口哨。

267美元对他来说是个巨大的数字，对于一个要养活三个孩子，一年只赚600美元的穷牧师来说，这个数字确实不小。无论是萨顿还是他母亲都无法想象该到哪里弄这么大一笔钱。即使可以找到人借钱，他们似乎也很难还上这笔债。

母亲和儿子焦虑地对望了一下。最后，萨顿打破了沉默。

"妈妈，"他说，"有一件事情可以确定。我已经15岁了，健康又强壮，所以我应该自食其力了。"

"可是你父亲决心把你送去读大学啊，萨顿。"

"我也想去读大学，可是真要是那样的话，恐怕在很多年的时间里，我势必会一直成为家里的负担，那样我也不会感到快乐的。"

"你基本上已经准备好去读大学了，萨顿，不是吗？"

"是的，我已经为9月份的考试做好了准备。只需要复习一下荷马和拉丁文就可以了。"

"而且你叔叔古德菲也准备帮助你。"

"这让我想到一件事情，妈妈。除了我能够从学校基金会申请一些钱，或者是今年冬天去教书赚钱之外，古德菲叔叔每年还要花费900美元来供我读书。要是他把这笔钱借给我，并且让我去工作的话，我可以还清爸爸所有的债务，让他有一个新的开始。而且还可以帮助古德菲叔叔省下900美元。"

"他已经决心要送你读大学了。我觉得要是你让他感到失望的话，他根本不会同意帮助你。"

"不管怎么说，我觉得还是可以尝试一下。我们必须有所行动，妈妈。"

"是的，萨顿，毫无疑问。都德先生显然很着急。要是我们再不还他钱的话，估计他以后不会再赊欠给我们任何东西了。你知道，村子里可没有其他杂货店了。"

"您有钱还他吗，妈妈？"

"我有8美元。"

"把钱给我，我去看看该怎么跟他谈。没有杂货店，我们就无法生活。可是妈妈，教会难道不欠爸爸钱吗？"

"他们应该付给你爸爸60美元。"

"管财务的是格雷德利执事吗？"

"是的。"

"那我可以告诉您我会怎么办。我首先会去执事那里收账。然后我会去拜访都德先生。"

"这些事情本来应该是让你爸爸去做的，可是他完全没有做生意的天分，而且也做不了什么事情。去吧，萨顿，但要记住一件事情。"

"什么事情，妈妈？"

"你性子很急，我的孩子。即便你感到失望，说话时也千万不要鲁莽，或者是显得不够尊重人。都德先生寄来账单的做法并没有错，他完全有理由要回自己的钱。"

"我会尽力的，妈妈。"

格雷德利执事有一家小农场，他的主要工作就是打理农场，除此之外，他还购买了几千美元的股票和债券，而且由于生性节俭，他还把所有的利息都攒起来，添加到自己的原始投资里。他在财务问题上非常讲求信誉，所以成了教区的财务官。可是他经常把该立刻支付给牧师的钱捂在手里，而且他还是一个极度自私的家伙，根本不管萨顿先生是多么迫切地需要这笔钱——只要他能够从扣押这笔钱里面得到一些好处。

当萨顿来到执事家门口的时候，他正在自家的前院锄草。

"早安，格雷德利执事。"牧师的儿子说。

"早安，萨顿。"执事回答，"你家里人还好吗？"

"都好。"萨顿开门见山地说，"但是我们很缺钱。"

"牧师们大部分都缺钱。"格雷德利执事冷冷地回答。

"我想是的，因为他们收入都很少。"萨顿愤愤地说。

"有些人收入是不高，"执事回答，"不过600美元应该是一笔不错的收入了。"

"对于一个人来说，可能是的，不过当一个牧师有一个妻子和三个孩子的时候，比如说像我父亲，情况就不一样了。"

"有些人就是不会过日子，"执事得意扬扬地说，"我从来不会一年用掉600美元。"

众所周知，执事是一个非常吝啬的家伙，为他工作并在他家里寄宿的亚伯拉罕·费什就曾经说过自己几乎饿了个半死。

"您可以从自己的农场里得到牛奶和蔬菜。"萨顿觉得这种比较并不公平，"这跟我们很不一样。"

"是有一些差别。"执事承认道，"不过我们的开销差别并不大。我去年用掉的现金还不到100美元。"

这种极度节俭或许正可以解释为什么格雷德利太太总是穿得破破烂烂。这个可怜的女人已经五年没买一顶新帽子了，教区里所有的女士都知道这一点。

"牧师们通常会有一些其他人所没有的开销。"萨顿口气坚持地说道。

"什么开销，我倒很想知道？"

"他们必须买书和杂志，来让自己的布道变得更有趣，还要雇用一些人做事。"

"确实，"执事承认道，"这项花费每年可能会花掉二三十美元。"

"可能是100美元。"萨顿说。

"这可真是太浪费了，简直是罪恶。要是我是一名牧师的话，我会更加谨慎的。"

"格雷德利执事，我不想跟您争辩。我来这儿是想看看您是否帮我父亲收了钱。都德先生寄来账单要我们付钱。"

"多少钱？"

"67美元34美分。"

"你这不是开玩笑吧！"执事好像吓了一跳，"你们可真是太奢侈了。"

萨顿不知道自己是该生气还是该觉得好笑。

"要是想吃饱肚子都算是奢侈的话，"他说，"那我们是够奢侈的。"

"你一定要学会靠土地生活，萨顿。"

"我们没有土地啊！而且我们也不大可能会有。"萨顿有些激动了，"还是让我们回到正题上来吧！您可以把钱给我父亲吗？"

格雷德利刚刚收到50美元，可是他打算把这笔钱借出去一个月，这样他就可以收到百分之一的利息，所以他不想失去这个机会。

"我很遗憾，要让你失望了，萨顿。"他回答，"可是大家缴钱的速度很慢，而且……"

"您还没收到钱吗？"萨顿生气地问道。

"告诉你我的计划吧！"执事突然想出一个好主意，"我可以自己先拿出50美元，大概再过一个月吧！到时候我就会把钱收齐了。"

"那太好了。"萨顿感觉自己有些冤枉执事了。

"当然，"执事赶忙接着说，"我会收取一些利息。事实上，我借给邻居钱的时候，利息通常是百分之一。"

"这难道不是高于法定利率了吗？"萨顿问道。

"哦，你看，现在借钱利息都很高。要是你父亲不想要的话，那也没关系。我可以把这笔钱借给其他人。"

萨顿迅速计算了一下，发现自己只需要支付50美分的利息，而且他必须拿到钱。

"我想我父亲会同意您的条件，"他说，"我今天下午会给您答复。"

"好吧，萨顿。这对我并没有什么差别，可要是你父亲想借这笔钱的话，他必须今天决定。"

"我会安排好这件事情。"萨顿说道，然后就走了，他很高兴能够为自己的家庭弄到点钱——即使条件很苛刻。

之后萨顿来到了都德的商店。

这是一家典型的乡村杂货店，人们可以在里面买到几乎从水果到干货在内的家庭生活用品。

杂货店的老板——都德先生是一个身材矮小的人，他的皮肤非常干燥，五官也很不起眼。当萨顿走进商店的时候，他正在为一位客人称糖。

萨顿在旁边等着，直到店主闲了下来。

"你想见我吗，萨顿？"都德说。

"是的，都德先生。您今天早晨给我家送了一张账单。"

"你是来付钱的吧！这就对了。我在城里也有账要付。"

"我现在只能付给您一点钱。"萨顿一边说着，一边紧张地注视着都德的表情。

"多少？"店主问道，他的表情开始发生了变化。

"8美元。"

"8美元！"都德愤愤地叫道，"你们欠我67美元，可是现在只还8美元！这简直是在诈骗，我才不管你父亲是不是牧师呢，我说话算数。"

萨顿非常生气，可是他想起了母亲的话，于是急忙克制住自己的脾气。

"我们想把所有的账都付清，都德先生，要是有钱的话，我们……"

"你觉得我能相信邻居们吗？要是你们只还十分之一的欠款的话，"都德先生嘟囔道，"牧师应该做个好榜样。"

"牧师的收入应该提高。"萨顿说。

"有很多人赚的钱都没有你父亲多。我想知道，你打算什么时候付清其他的钱？我想你是想让我再相信你一次，给你6个月时间，然后再付给我8美元吧！"店主讽刺道。

"要不是您打断的话，我正要讲到这件事情。"萨顿说，

"我们明天可以再还您一些钱。"

"多少？"

"25美元，"这孩子说道，他知道借来的钱会有一部分被用到其他地方。"可以吗？"

"还可以！"都德说，"要是你付给我那笔钱的话，我可以再给你一些时间。你今天早晨要买些什么东西吗？我刚刚进了一批上好的黄油。"

"我今天下午会来买些东西，都德先生。这是8美元。"

"好了，我总算取得了一些成功。"在回家的路上，萨顿自言自语道。

第 2 章

走向索莫斯特

　　萨顿的伯伯古德菲·格兰特就住在附近的一座名叫索莫斯特的小镇。他是一个老单身汉，比萨顿的父亲年长3岁，他是一名牧师，同时还是一名律师。他的生意并不大，不过由于比较节俭，他已经设法积攒了1万美元。萨顿是他最喜欢的孩子，因为自己没有孩子，所以他打算自己供养萨顿上大学。他决心把萨顿培养成一名职业人士。

人们可能会以为他一定会很乐意帮助自己的弟弟，因为后者微薄的收入根本无法满足家庭的需要。可是古德菲·格兰特是一个很固执的家伙，他喜欢用自己的方式向弟弟提供帮助。

在他看来，要是能供养自己的侄子读大学的话，那将是一件很不错的事情。事实也是如此。可是他忘记了一件事情。在那些收入微薄的家庭里，当孩子到了十五六岁的时候，他很可能就要帮助家里赚钱了，而要是萨顿准备读大学的话，他就没办法做到这一点。要是古德菲答应每年给自己的弟弟一笔钱来补贴家用的话，一切都会很好。

里夫·约翰·格兰特并不是没有想到这一点。他对哥哥给萨顿的支援非常感激，而且他对这孩子的未来也充满希望。可是事实上，经济问题给他带来的烦恼远远没有给他的妻子带来的烦恼大。是她在操持着这个家，她必须想办法，所以经常感到焦虑。

安排好我们在上一章所谈到的事情之后，萨顿告诉母亲说他准备去索莫斯特看望伯伯。

"不，萨顿，我并不烦恼，只是我觉得让你失去接受教育的机会真是太遗憾了。"

"我已经接受了很好的教育，妈妈。我当然也想去读大学，不过我无法忍受让您跟父亲整天挣扎在贫困之中。要是我成了一名商人的话，我很可能就会有机会帮助你们。不管怎么说，我都可以尽快帮助家里的。要是我能够说服古德菲伯伯把准备供我读书的那笔钱给您的话，我就会感觉很轻松了。"

"你可以试一下，我的孩子，但恐怕你不会成功的。"

但萨顿还是充满信心。他不明白伯伯为什么会拒绝自己，因为这样并不会让他花费更多。一切看起来都非常简单，于是他开始满怀信心和希望地往索莫斯特走去。

这是一条笔直的路，对于一个像萨顿这样四肢强健的孩子来说，5英里的路程并不算太远。一个半小时之后，他就走到了村子里，他很快地来到了古德菲·格兰特伯伯用来作为办公室的那栋建筑前面。

走进办公室的时候，他看到古德菲·格兰特伯伯正忙着处理桌子上的文件。

听到门被推开的声音，老律师抬头看了一下。

"哦，是你啊，萨顿。"他说，"家里没人生病吧？"

"没有，古德菲伯伯，我们都很好。"

"我一看你来了，还以为家里有人生病了呢！我想你到索莫斯特一定有什么事情吧！"

"我的事情就是来拜访您，伯伯。"

"这可真让我感到开心。"老单身汉很高兴，"哦，你准备什么时候去读大学？"

"9月份就能准备好。"萨顿回答。

"很好。你现在需要做的就是好好准备考试。我会安排好一切的。"

"您对我真好，古德菲伯伯。"萨顿说道，然后又犹豫了一下。

"这是格兰特家族的骄傲，萨顿。我希望我的侄子能成个人物。我想让你成为一名职业人士，能够在这个世界上有个比较显著的地位。"

"古德菲伯伯，如果我不能成为职业人士的话，那么我就不可能出人头地了吗，或者……"

"或者什么？"伯伯突然说道。

"上大学？"萨顿接着说。

"这什么意思？"老律师皱了皱眉头，问道，"你不是想放弃读大学吧？"

"我想去读大学，伯伯。"

"我很高兴听到你这么说。"古德菲·格兰特松了口气，"我还以为你想当个砖瓦匠，或者是其他类似的人呢！"

萨顿的任务好像变得比他想象的困难一些了。

"可是，"萨顿鼓起勇气接着说，"我担心我那样做会有些自私。"

　　"我不明白，萨顿。我自愿承担你读大学的费用，我不明白这样做有什么自私的。"

　　"我是说对于我的父亲和母亲来说。"

　　"我难道不是在帮助他们减轻负担吗？你这是什么意思？"

　　"我是说，古德菲伯伯，"萨顿大胆地说，"我应该赚钱养家了。父亲的收入太少了，而且……"

　　"你不是来告诉我你不想读大学了吧？"古德菲·格兰特赶紧说道。

　　"我想是的，伯伯。"

　　"为什么？"

　　"那样我就可以找份工作，来帮助我父亲了。您知道，读大学要花四年时间，还要花三年时间学习专业技术，这期间我的弟弟妹妹都会逐渐长大，家里就会需要更多的钱，父亲可能会欠下很多债。"

　　古德菲伯伯的眉头明显地皱了起来。

　　"告诉我，是谁告诉你这个的？"他说，"我敢肯定不是你父亲。"

　　"没人告诉我这个，古德菲伯伯。这是我自己想的。"

　　"哈！你还这么年轻，显然不应该想到这些事情。你真是个傻孩子，萨顿。受到良好的教育之后，你就可以为自己的家人做

更多事情。"

"可是那还要等很长时间。"萨顿反驳道。

"如果你放弃读大学的话，我会感到很失望的，当然，我不能强迫你。"伯伯冷冷地说，"那样可以在四年，或者是七年的时间里，每年帮我节约300美元。可是事实上，你是在放弃一个绝好的机会。"

"您难道以为我没有意识到大学教育会给我带来多大的优势吗，伯伯？"萨顿急切地说，"事实并不是这样的。我之所以会这样，是因为我想帮助我的父亲。事实上，我希望跟您提个计划。"

"什么计划？"

"您说要是供我读大学的话，每年要花掉您300美元？"

"是的？"

"那您愿意在今后四年里每年给我父亲200美元，同时让我自己去找份工作，学会照顾自己吗？"

"这就是你的计划，是吗？"

"是的，伯伯。"

"我只能说，你得到的是一份非比寻常的保证。你事实上打碎了我所看重的计划，而且还想让我每年拿出200美元来支援你。"

"我很遗憾您这样看待这个问题，古德菲伯伯。"

"我坚决拒绝你的计划。如果你不去读大学的话，我不会再插手你和你家人的任何事情。你明白吗？"

"是的，古德菲伯伯。"萨顿沮丧地回答。

"回家好好想想吧！我仍然愿意帮助你。你可以在9月份的时候去考试，要是考上的话，通知我一下。"

然后律师又开始写些什么东西，萨顿心里明白，这次见面算是结束了。

他带着一副沮丧的心情踏上了从索莫斯特回家的路。除了惹伯伯生气之外，他这次根本没有达到任何目的。一时间，他也不知道到底该怎么办了。

大约走了4英里的时候，他的注意力突然被一声惊叫声吸引住了。猛地回头一看，他发现一个14岁的小女孩正在路上飞奔，后面有一个拿着一根大棒的醉汉在追赶她。他们之间的距离不超过30英尺，形势非常危急。

萨顿不是胆小鬼，他立即决定，如果可能的话，他一定要救这个女孩子。

"要是可以的话，我一定要救她。"萨顿暗暗想道。

可是这件任务并不容易。那醉汉又高又壮，而且酒醉似乎并没有影响到他的行动。他显然有点晕，而且他追赶这女孩子可能

完全是出于一时冲动，这对于女孩子显然是一件很可怕的事情。萨顿立刻意识到，从身体力量上看，自己根本不是这醉汉的对手。如果他是个胆小鬼的话，他可能会出于自身安全的考虑而闪到一旁。可是要是他不去尽力拯救这正陷入危险的女孩子——虽然她只是个陌生人——的话，他会非常鄙视自己的。

碰巧这时萨顿刚刚砍了一根短棍拿着走路。他想出了一个办法。于是就立刻迎着那醉汉冲了上去，一下子把棍子扔到他两腿之间，把他绊倒在地。醉汉猛地向前趴下，倒到地上，吃惊地喘着气。萨顿有些惊讶，担心对方可能会受伤，不过仔细一看他才发现，对方之所以会这样，主要是因为喝了酒。

于是他赶紧跑到女孩那里——女孩看到了刚才发生的一幕，这时已经停了下来。

"别害怕，"萨顿说，"那个人现在爬不起来了。要是你告诉我你住哪里的话，我可以送你回家。"

"我寄宿在格兰杰太太那里，就在往回走四分之一英里的地方，跟妈妈住在一起。"女孩回答道，逃跑时吓得惨白的脸现在开始慢慢变红。

"你怎么碰上这家伙的？"萨顿问道。

"我正在走路，"女孩回答，"经过他旁边。刚开始的时候我并没有注意到他，直到他开始追我的时候，我才发现他已经喝醉了。差点没把我给吓死，我从来没有跑过那么快。"

"刚才很危险。他很快就要追上你了。"

"我看到了，我想要不是你跑过来救了我，我肯定已经被抓住了。你可真是太勇敢了！"

虽然没有拒绝对方的表扬，可是萨顿的脸还是高兴得发红。

"哦，这没什么！"他谦虚地说，"不过我们最好现在就走，因为他很可能会醒过来。"

"哦，那我们走吧！"女孩一边恐慌地叫道，一边不由自主地抓住萨顿的胳膊。"看他又在动了。快走吧！"

然后她拉着萨顿的胳膊，两个人赶忙离开了。

萨顿现在开始有时间仔细看看刚才搭救的这个女孩子了。

她长得很漂亮，大概比自己年轻一两岁，非常活泼，萨顿觉得她很有吸引力。

"你住在这附近吗？"她问道。

"我住在克尔布鲁克，就是附近的村庄。我刚从索莫斯特回来。"

"你刚才帮了我这么大的忙，我想知道你叫什么名字。"

"要是你愿意的话，我们可以交换一下名字，"萨顿微笑着说，"我叫萨顿。我是里夫·约翰·格兰特的儿子。他是克尔布鲁克的牧师。"

"那么你是一名牧师的儿子。我一直听说牧师的儿子一般都很野。"女孩子调皮地笑着说。

"我例外。"萨顿一本正经地说。

"我相信这一点，"他的同伴说，"我叫卡丽·克里夫顿。我母亲是一名牧师的女儿，所以我对牧师的家人很有好感。"

"你们在这里寄宿多久了，卡丽小姐？"

"只有一个星期。恐怕我不敢再在这儿住下去了。"

"你今天碰到的事情并不经常发生。我希望这件事不会把你给吓走。"

"你认识那个醉汉吗？他住在附近吗？"

"我想他是个陌生人——是个流浪汉。我几乎认识所有住在这附近的人，可是我从来没见过他。"

"我很高兴他不住在这里。"

"他或许会继续流浪，今年夏天都不会再回来了。"

"希望你判断得没错。因为你把他绊倒了，他很可能会报复的。"

"我想他不会认识我的。他喝得这么醉，根本不知道发生了什么事情。醒来的时候，他或许都不记得刚才所发生的事情了。"

这时他们已经来到了卡丽寄宿的房子大门口，萨顿准备离开了。

"我想你现在安全了。"他说道。

"哦，可是我还不想让你走，"女孩说，"你一定要进来看看我母亲。"

萨顿犹豫了一下，可是他觉得自己应该愿意见到一位这么漂亮的年轻女士的母亲，所以他就跟着她来到了院子里。克里夫顿太太正坐在后院大树底下一把破旧的椅子上。萨顿和他的伙伴在那里找到了克里夫顿太太。卡丽马上把刚才的经历告诉了母亲，然后把萨顿拉到前面，说明他就是那个救了自己的人。

母亲听着刚才的故事，不禁为女儿刚刚经历的危险微微有些战栗。

"我不知道该怎么向你表示感谢，你救了我的女儿。"她热情地说，"你是一个勇敢的孩子。十个人里面不会有一个人像你这样做的。"

"您过奖了，克里夫顿太太。那人喝醉了，所以我救人的时候并没有太大危险。我很高兴能为卡丽小姐效力。"

"真的很幸运，你当时就在旁边，否则我女儿很可能会被杀死的。"

"您知道吗，妈妈？他是位牧师的儿子。"卡丽高兴地说道。

"我肯定感到很亲切，"克里夫顿太太微笑着说，"因为我是一名牧师的女儿。你父亲在哪儿传教？"

"他的教堂就在一英里之外，在村子里。"

"那我下个星期天应该听得到他的传教。上个星期天卡丽和我都很累，所以我们待在家里了，不过我已经习惯去教堂了。"

"爸爸下个星期天会在那里，"卡丽说，"因为工作的关系，他只有在星期六晚上的时候才过来。"

"他在纽约做生意吗？"萨顿问道。

"是的，他的店就在百老汇。"

"我们住在麦迪逊大街，有时间来城里的时候，请到我们家来做客。"克里夫顿太太大方地邀请道。

"谢谢您，我很高兴去拜访您。"萨顿诚恳地说，"可是我并不常去纽约。"

"说不定有一天你也可以在那里找份工作呢！"卡丽建议道。

"我是很想去找份工作。"萨顿回答。

"那你父亲不打算送你去读大学吗？"说这话的是克里夫顿太太。

"他想让我去，不过我想我应该去工作了，这样可以帮帮他。除了我之外，他还有两个孩子。"

"其中有一个是女孩吗？"卡丽问道。

"是的，我有一个13岁的妹妹，名叫玛丽。"

"我希望你能把她带过来看我，"卡丽说，"我在这里还没结识过女孩子呢！"

克里夫顿太太发出了邀请，萨顿表示接受。事实上，他很高兴自己能够有机会认识一个从纽约来的年轻女士。虽然他并没有达到自己的目的，可是他对这次索莫斯特之行非常满意。

接下来的这个星期天，克里夫顿太太和她的女儿来到了教堂里，萨顿很高兴地对她们表示欢迎。他接到邀请，第二个星期一的下午带他的妹妹一起到克里夫顿太太家共进晚餐，萨顿接受了邀请。大约就在日落的时候，他遇到了自己的新朋友，还有她的丈夫和父亲，他们星期六晚上刚刚从纽约赶来，因为太累，所以没有去教堂。

他被引见给克里夫顿先生，他是一个壮硕的中年男人，他大方地接待了萨顿。

"要是我能够帮助你的话，萨顿·格兰特先生，你完全可以开口。"他说道。

萨顿向他表示感谢，心里比马上收到一件礼物还要高兴。

与此同时，格雷德利执事也遵守了自己的诺言，他借给了牧师50美元，并扣除一个月的利息。即便如此，格兰特太太还是为

能得到这笔钱感到高兴。一部分钱付给了都德先生，暂时安抚了他一下。至于萨顿，他只能继续自己的学业，因为他很可能会考上大学。

要是有人为他提供一份能赚钱的工作的话，即便是伯伯反对，萨顿也会考虑接受的，可是他在乡下是很难找到这样的工作。

第 **3** 章

格兰特太太的珍珠

　　三个星期过去了，除了都德先生，还有另外一个债主，又开始要债了。

　　"你父亲什么时候把账付清？"当萨顿来店里买一加仑糖浆的时候，都德先生问道。

　　"我想快了。"萨顿支支吾吾地说。

　　"希望如此。"店主冷冷地说道。

"就在三个星期之前，我刚刚付给您33美元。"萨顿说。

"可是从那时起你欠的账又增加了啊！"都德皱着眉头，不高兴地说道。

"要是父亲能够正常拿到工资的话……"萨顿说。

"那是他的事情，跟我没关系。"店主反驳道。

"我必须按时付款，我不能几个月才拿到钱。"萨顿看起来有些不安，不过他也不知道该说什么。

"不管怎么说，这个星期之后，要是你父亲再不付账的话，以后买东西的时候就要现款结账。"

"好的。"萨顿冷冷地说道。

虽然萨顿很生气，可是他也必须承认店主这样做是有理由的。

"必须做点什么了。"他自言自语道，可是他也不知道到底该做些什么。

虽然他为母亲的痛苦感到难过，可是他觉得自己还是有必要把店主的话转告她。

"别担心，妈妈。"注意到母亲脸上的焦虑之后，他说，"事情会有转机的。"

格兰特太太摇了摇头。

"相信这个是没有用的，萨顿，"她说，"我们必须靠自己。"

"要是我知道该怎么做就好了。"萨顿迷惑地说。

"恐怕我必须做出些牺牲了。"格兰特太太说道，她这话并不是对萨顿说的，而是在自言自语。

萨顿吃惊地看着母亲。她所说的牺牲是指什么呢？难道是说全家必须搬到一间小房子里吗？一时之间，萨顿也只能想到这些了。

"我们或许可以搬到一间小一些的房子里，妈妈。"他说，"可是我们现在住的房子也不大啊，所以房租也不会有太大差别的。"

"我不是这个意思，萨顿。听着，我来告诉你我的计划。你知道我是用一位有钱的夫人的名字取名的，她是我母亲的好朋友。"

"我听您说过这件事。"

"当这位夫人去世的时候，她在遗嘱上留给了我一套珍珠项链和珍珠手镯，都是很贵重的东西。"

"我从来没见您戴过这些东西，妈妈。"

"是的，我想它们可能并不适合一位穷牧师的妻子。要是我戴着它们的话，会在教区里招来很多不利的闲言闲语。"

"我觉得这跟别人没关系。"萨顿愤愤地说。

"不管有没有道理，我知道他们会说些什么。"格兰特太太回答。

"为什么您从来没给我看过那些珍珠饰品呢，妈妈？"

"当我收到这些礼物的时候，你才5岁，我把它们放到一边，从那时起，我很少想到它们。我一直在想，既然它们对我没什么用处，我可以把它们卖掉去换一些我需要的东西，并用这些钱来付清你父亲的债务。"

"您觉得它们值多少钱，妈妈？"

"我曾经把它们给一位女士看过，她说这些首饰至少值500美元，或者更多。"

萨顿吹了声口哨。

"您愿意给我看看吗，妈妈？"萨顿问道。

格兰特太太走上楼去，然后又带下来一套珍珠项链和手镯。它们都非常漂亮，萨顿看着它们的时候，心里不禁赞叹起来。

"我想知道，要是您戴着这套首饰去跟那些缝衣工在一起的话，她们会怎么想。"萨顿幽默地说。

"她们会觉得我是个浮夸的女人。"妈妈微笑着回答，"这些东西现在，或者是以后，对我没有什么用处了，我觉得我现在最好把它们卖掉。"

"去哪里卖呢？这里没人能买得起。"

"一定要到纽约去卖，我必须依靠你来处理这件事。"

"您能信任我吗，妈妈？爸爸难道不……"

"你父亲没有做生意的头脑，萨顿。他是一个有学问的人，对读书很在行，可是他对实际的事情却了解不多。虽然你只是一个孩子，可是你非常懂事，而且值得信任，所以我必须依靠你。"

"我会尽力的，妈妈。告诉我您想让我怎么做吧！"

"我想让你带着这些珍珠去纽约。你可以在那里找到买家。我想你最好把它们送到某个珠宝店，尽量卖个好价钱。"

"您想让我什么时候动身，妈妈？"

"拖延没有好处。天气好的话，你最好明天就动身。"

"我要告诉爸爸您的计划吗？"

"不，萨顿，他会觉得我是被迫做出牺牲的，那样只会让他感觉糟糕，而这对我只是一个很小的牺牲，这么多年以来，我一直都不想让金钱上的事情来麻烦他。因为让他感到焦虑并没有任何好处，只会影响他的工作。"

有些人可能会觉得格兰特太太的计划非常明智，她了解丈夫在处理金钱问题上的能力，她希望能够不要让丈夫操心，虽然这样需要她做出一些额外的牺牲，但她的目的至少是值得表扬的。

第二天一大早，萨顿早早吃了饭，快速走到车站，乘坐早晨第一列火车前往纽约。

单程车费是1美元15美分，路程一共是50英里，无论是对于萨顿还是他母亲来说，这都是一笔巨大的开销。可是要是他能完成这次任务的话，这笔钱花得还是很值的。

在车站的时候，萨顿遇到了汤姆·卡戴尔，一个18岁的年轻小伙子，他一直都被人们认为有点野，甚至被怀疑是个不诚实的孩子。

他在纽约找了份工作，所以萨顿在车站看到他的时候，并没有感到惊讶。

"你好，萨顿！你要去哪里啊？"他问道。

"去纽约！"

"做什么？"

"有点事。"萨顿回答。他绝对不会信任汤姆这样的人。

"要去找份工作吗？"

"要是有什么好机会的话，我一定会接受的——当然，首先要爸爸妈妈同意才行。"

"我们坐在一起吧——我也是去找工作的。"

虽然萨顿并不愿意选择汤姆·卡戴尔作为同伴，可是他似乎也找不到任何好的借口来推辞。后者住在村子的边缘地带，家里声誉很不好。要是仅仅如此的话，人们或许不应该讨厌汤姆，可问题是，汤姆本人的声誉也不好。人们怀疑他不止一次地从学校的同伴那里偷东西，当他在都德先生的杂货店里工作的时候，都德先生就开始丢钱。汤姆是一个非常狡猾的孩子，人们总是抓不到证据证明他是个贼。尽管如此，他还是觉得自己最好离开当前的工作。

"你想找份什么样的工作？"上路之后，汤姆问萨顿。

"我不知道。他们说乞丐是无法自己做选择的。"

"要是可以的话，我想在股票经纪人公司找份工作。"汤姆说。

"你觉得那是个好行业吗？"萨顿问道。

"我想是的。"汤姆肯定地回答。

"他们给的工资高吗？"

"不是特别高，但你可以看准机会，从市场上赚到钱。"

"什么意思？"萨顿迷惑地问道。

"哦，我差点忘了。你对城里并不熟悉。"汤姆强调，"我是说，当你发现某支股票在上涨的时候，你可以趁机买下来，等着它升值。"

"可是这难道不是要花很多钱吗？"萨顿问道，他不明白汤姆会从哪里弄到钱来买股票。

"哦，你可以去木桶商店啊？"

"可是木桶商店跟股票有什么关系啊？"萨顿听了更加迷糊的问道。

汤姆突然一阵大笑。

"你难道不是个新手吗？"他大声说道。

萨顿对此感到有些生气。"我不明白你怎么会指望我能听懂你的话。"他生气地说。

"问题就在这里，你不懂，"汤姆说，"对我来说，这是再简单不过的问题了，可是我忘了你对华尔街是一窍不通。木桶商店就是指那些你可以买到小额股票的地方，比如说你可以买到1美元的股票。要是股票升值的话，你可以在它升值的时候把它卖掉，然后拿回你的钱，当然，还要扣除佣金。"

"要是股票价格下降呢？"

"那你就会失去自己投进去的钱。"

"这难道不是非常冒险吗？"

"当然有些风险，不过要是你很懂这一行的话，就不会有太大风险。"

这就是汤姆·卡戴尔对这件事情的看法。事实上，大多数拜访过木桶商店的人都失去了自己的投资，他们很可能早晚会陷入麻烦，而且一旦老板知道自己的店员或者是员工通过这种方式进行投机的话，他们很可能会立即把这些人辞掉。

"要是有钱的话，我今天就会去买些股票。只要一到城里就去买，"汤姆接着说，"你可以借给我5美元吗？"

"不，我不能。"萨顿赶紧回答。

"我可以分给你一半利润。"

"我没有钱。"萨顿解释道。

"这可真遗憾。事实上，我现在手头也缺钱。不过我在城里认识很多人，我想我可以从他们那里借些钱。"

"那你在纽约的信誉一定比在克尔布鲁克要好一些。"萨顿想道，不过他忍住没有说出来。

萨顿很高兴自己包珍珠的小包距离汤姆很远，因为他对这个同伴的评价并不是很高。

半小时过后，汤姆离开了自己的座位。

"我要去抽烟车厢一趟。"他说，"去抽根烟。你不跟我一起来吗？"

"不，谢谢你，我不抽烟。"

"那你可以从现在开始抽。要是你想试试的话，我可以给你一根。"

"多谢了，不过我最好还是别抽。"

"你很快就会克服那种小孩子的感觉。在城市里，年龄只有

你一半大的孩子都抽烟。”

“听到这个我非常遗憾。”

“哦，啧啧！我很快就回来。”

萨顿并没有为汤姆的离开感到遗憾。他不喜欢这个同伴，而且他感觉要是到了城里以后汤姆仍然坚持陪着自己的话，那将会非常尴尬。他不想让任何人，尤其是汤姆，知道自己来城里的目的。

就在汤姆离开座位大约两分钟之后，一位看起来非常舒服的中年绅士走了上来，他一直坐在他们后面，现在站起身来坐到了萨顿旁边的座位上。

“要是你不反对的话，我想跟你坐在一起。”他说道。

“很高兴能跟您坐在一起。”萨顿礼貌地回答。

“我想你住在乡下吧？”

“是的，先生。”

“我不小心听到了你跟那位刚刚离开的年轻人的谈话。我怀疑你们两个并不是一样的人。”

“我希望不是的，先生。或许汤姆也会这么说，因为他觉得我很嫩。”

“你不抽烟吗？”

“不，先生。”

"我希望能够有更多像你这么大的孩子都这么说。你是去城里找工作吗？"

"这并不是我的主要目的。"萨顿犹豫了一下，然后说，"不过要是有好机会的话，我会说服我的父母让我接受它的。"

"你住哪里，我的小朋友？"

"克尔布鲁克。我父亲是那里的牧师。"

"这可以成为一个推荐的理由，因为这说明你已经接受过认真的训练。一些最为成功的商人都是牧师的儿子。"

"您在纽约做生意吗，先生？"萨顿问道，他觉得自己现在已经有权利提出问题了。

"是的，这是我的名片。"

萨顿接过名片一看，发现这位同伴原来是亨利·雷诺德先生，他是一名经纪人，在新大街有一间办公室。

"您是个经纪人，先生。"萨顿说，"汤姆·卡戴尔想在经纪人公司找份工作。"

"我宁愿他去试试其他公司，"雷诺德先生微笑着说，"我可不想找个跟木桶商店有关系的伙计。"

正在这时候，汤姆已经抽完了烟，回到了车厢。

看到自己的座位已经被别人坐了，他就在远一点的地方坐了下来。

"等你准备接受一份工作的时候，"经纪人说，"来我办公室，虽然我现在还不能承诺给你一份工作，不过要是有空缺的话，我倒是很愿意为你提供个机会。"

"谢谢您，先生。"萨顿感激地说，"要是我能有机会到您那里工作的话，我希望能够对得起您的信任。"

"我对你很有信心。哦，对了，告诉我你的名字吧！"

"我叫萨顿·格兰特，来自克尔布鲁克。"萨顿回答。

雷诺德先生在一个小本子上记下这个名字，然后离开了座位，汤姆·卡戴尔立即坐了上去。

"那老家伙是谁？"他问道。

"刚刚离开的那位先生是一位纽约商人。"

"你跟他很熟，是吗？"

"我们聊了一会儿。"

萨顿很小心，他没有提到雷诺德先生是个经纪人，因为他知道要是那样的话，汤姆一定会立即要求自己进行引见的。

到达纽约之后，汤姆表示愿意跟萨顿待在一起，可是萨顿却说："我们最好分开，办完事之后再会合吧！"

双方商量好了一个见面的地点，然后汤姆就走开了。

现在萨顿开始发愁了。他该去哪里卖掉这些珍珠呢？他一边走着，一边盘算着，始终没有决定下来，直到他来到了一家珠宝店。突然他意识到这是一个很好的卖珍珠的地方，于是他走了进去。

"我能为您做些什么，年轻人？"柜台后面一个大约30岁的男人说道。

"我有一些珍珠首饰想卖掉。"萨顿说。

"真的？"店员一边说着，一边怀疑地看了一眼萨顿，"让我看看。"

萨顿拿出珍珠项链和手镯，把它们递给对方。很快，一位穿着绚丽的女士走到了他站的地方，伸手拿过珍珠饰品，惊叫道："我不许你买这些东西，先生。它们是我的。那孩子从我这里偷走的，我一直跟着他到这里，因为我怀疑他很可能会在这里销赃。"

"您胡说，"萨顿愤愤地叫道，"我以前从来没见过这个女人。"

"你不仅是个贼，还是个骗子！"女士说，"请把这些珍珠给我，先生。"

店员看了看两个人，一时不知道该如何决定。他有些相信这位女士的话。

"我完全有权利拿回我的财产。"那位穿着绚丽的女士一副

霸道的口气，这显然给那位意志薄弱的店员带来了很大压力。

"我想您是对的，夫人。"他迟疑地说道。

"当然。"她说道。

"要是您把我母亲的珍珠给她的话，我会让人把您抓起来的。"萨顿鼓起勇气说道。

"哟！"那女人鄙夷地说，"我希望你不要太理会这个小贼。"

店员看起来一时也无法下定决心。他很快找来了一位年纪大一些的店员，把这件事情告诉了他。后者用探询的眼光看了看两位。

萨顿脸色发红，开始变得激动起来，女士则一脸严肃。

"您说这些珍珠是您的吗，夫人？"他问道。

"是的。"她马上回答。

"您是怎么得到它们的？"

"那是我丈夫给我的结婚礼物。"

"我可以问问您的名字吗？"

女士犹豫了一下，然后回答："辛普森太太。"

"您住哪里？"

对方又犹豫了一下，然后回答："麦迪逊大街。"

麦迪逊大街是一条时尚大道，这个名字立刻给第一位店员留下了深刻的印象。

"我想这些珍珠属于这位女士。"他小声说道。

"我还有一些问题。"年纪大一些的店员压低声音说。

"您认识这位您指控为偷窃您财物的孩子吗？"

"是的，"女士回答道，这让萨顿感到大吃一惊，"他是个穷孩子，是我雇来办事的。"

"他去过您家里吗？"

"是的。他一定是想办法跑到了二楼，打开了我存放珍珠的抽屉。"

"你对此有什么要说的？"年纪大一些的店员问道。

"请您问一下这位女士我的名字。"萨顿建议道。

"你不知道你自己的名字吗？"女士严厉地问道。

"是的，可是我想您不知道。"

"您能回答这孩子的问题吗，辛普森太太？"

"当然能。他的名字叫约翰·卡瓦纳，他现在穿的衣服就是我给他的。"

萨顿简直为这位女士的厚颜无耻感到震惊。虽然她表面上看起来是一位体面的女士，可是萨顿开始怀疑她是一个骗子。

"够了，"自称辛普森太太的人不耐烦地说，"可以把我的珍珠还给我吗？"

"除非我们能够确保这些珍珠是属于您的，夫人。"年纪大一些的店员冷静地说道。

"我可不愿意承担这个责任，我想把珍珠送到我老板那里，让他来决定。"

"希望不要等太久，先生。"

"我现在就送去。"

"这可真是奇怪，一位女士居然拿不到属于自己的财产。"辛普森太太说道，与此同时，那位年纪大一些的店员正在商店的另一端跟一个孩子说些什么。

"毫无疑问，我相信这是您的东西，辛普森太太。"第一个店员讨好地说，"好了，孩子，你最好承认自己偷了这些首饰，女士这次就放过你了。"

"是的，我这次就放过他了。"女士说，"我可不想送他进监狱。"

"要是你能证明我是个贼的话，我情愿进监狱。"萨顿激动地说道。

这时候那位年纪大一些的店员已经回来了。"你的名字是约翰·卡瓦纳吗，孩子？"他问道。

"不，先生。"

"你以前见过这位女士吗？"

"没有。"

这位女士假装惊讶地挥了一下双手。"我简直不敢相信这孩子居然能够睁着眼睛说瞎话！"她说道。

"你叫什么名字？"

"我叫萨顿·格兰特。我住在克尔布鲁克，我父亲是里夫·约翰·格兰特。"

"我知道那里有这样一位牧师。这些珍珠是谁的？"

"是我母亲的。"

"多好的故事啊！一个乡村牧师的妻子居然会有如此贵重的珍珠。"辛普森太太嘲讽道。

"你怎么解释这个？"店员问道。

"它们是别人送给我母亲的礼物，对方是我母亲的一位好朋友。她从来没有机会佩戴这些首饰。"

辛普森太太讥讽地笑了起来。

"那孩子从别人那里学的这个故事，"她说，"我可不相信这种瞎编的故事，约翰·卡瓦纳。"

"我的名字叫萨顿·格兰特，夫人。"我们的男主角严肃地说道。

5分钟后，两个男人走进了商店。其中一个是警察，另外一个是这家商店的老板。当萨顿看到老板的时候，他立刻高兴起来。

"啊！是克里夫顿先生。"他说道。

"萨顿·格兰特。"珠宝商惊讶地叫道，"这是怎么回事，我以为……"

"您要帮我主持公道，克里夫顿先生。"萨顿说，然后他把刚才发生的事又讲述了一遍。

当辛普森太太发现这孩子跟这里的主人很熟悉的时候，她开始有些紧张起来，脑子里唯一的念头就是逃跑。

"喔，可能是我弄错了。"她说，"我发现了一些很小的差别。"

"那孩子呢，夫人？"年纪大一些的店员说道。

"他跟我的听差长得很像，可是要是克里夫顿先生认识他的话，那肯定是我错了。我很抱歉给您带来了这么大麻烦。我还有个约会，我要走了。"

"站住，夫人！"克里夫顿先生严厉地说道，立刻挡住了这位女士的去路，"我们不能让你走。"

"我真的必须要走了，先生。我不要珍珠了。"

"这还不够。你知道它们不是你的。警官，您以前见过这位女士吗？"

"是的，先生，我很熟悉她。"

"你怎么敢侮辱我？"辛普森太太问道，可是她的声音里明显有一丝颤抖。

"我将以企图诈骗罪起诉你。"克里夫顿先生说。

"你必须跟我一起来，夫人。"警察说，"你可以悄悄地跟我走。"

"好吧！游戏结束了。"女士勉强地笑道。

"差点就成功了。"

"好了，我的孩子，"珠宝商说，"我想我应该来帮你处理一下。你想卖掉这些珍珠吗？"

"是的，先生。它们对我母亲并没有任何用处，而且她很需要钱。"

"你觉得它们值多少钱？"

"我想请您决定，先生。您觉得它们值多少钱？"

珠宝商仔细看了看这些珍珠。检查完毕之后，他说："我愿意给你400美元。当然它们比这还要值钱，可是我还要对它们进行一下修理。"

"这比我想象的要多，"萨顿高兴地说，"这可以还清我们所有的债务，而且还可以给我们留出一点钱。"

"你现在就要钱吗？对于一个像你这样的孩子来说，带着这么多钱可能有些危险。"

"您有什么建议，克里夫顿先生？"

　　"你可以先带100美元，我下个星期六晚上去克尔布鲁克度周末的时候会把剩下的钱带给你。"

　　"谢谢您，先生。希望那样不会太麻烦您。"

第 **4** 章

迈出决定性的一步

　　萨顿带着好消息回到家里，这点人们从他容光焕发的脸上就可以看得出来。

　　当萨顿告诉母亲珍珠卖了400美元的时候，他母亲简直不敢相信自己的好运气。

　　"这可以还清你父亲所有的债务，"她说，"我们又会觉得很独立了。"

"还可以剩下不少钱。"萨顿提醒道。

星期六晚上，他来到克里夫顿先生家里，拿到了剩下的钱。星期一的时候，带着债主名单和一口袋钱，萨顿四处拜访了一下债主们，付清了所有债务，包括都德先生的。

"我告诉你，我会付你账的，都德先生。"他平静地对杂货店老板说道。

"你千万不要怪我那么逼迫你，萨顿。"杂货店老板很高兴，于是用温和的口气说，"你看，我也需要用钱来付清我的账单。"

"你好像觉得我父亲打算赖账不还。"萨顿似乎还是无法轻易忘记都德先生以前那些不友好的行为。

"不，我没有。当然，我知道他是一个诚实的人，可是我确实需要用钱。我希望我所有的客户都像你们那样诚实。"

听到这里，萨顿开始感到满意了。以后他们可能还要从杂货店老板这里赊欠东西。可是要是有办法的话，他会尽量不去这样做，因为他放弃读大学的决心比以前更加坚定了。

付完所有的债务之后，他们还剩下100美元，这些钱足够他们用一年的了，可是要是他去读大学的话，他一共要用掉四年时间；而且想要成为一名职业人士的话，他还要再用上三年时间，所有以前的困难都会再次出现。要是教区哪怕能够把父亲的工资提高100美元的话，他们也可以坚持下去，可是村子里的人都觉得牧师的工资已经很高了，所以他觉得提高工资的机会并不大。

关于这个话题，他跟母亲谈过不止一次。

"我很不愿意让你离开家，"她说，"不过我觉得你说的有道理。"

"想到您在家里穷困，"萨顿说，"我在大学里也不会开心的，妈妈。"

"要是我们只有你一个孩子的话，那情况就不一样了。"

"是的，可是弗兰克和玛丽也会受罪啊！要是我去工作的话，我很快就可以帮助您照顾他们了。"

"你是个善良无私的孩子，萨顿。"母亲说道。

"我不知道，妈妈，除了我自己的幸福之外，我还要考虑到您的幸福。"

"你喜欢去读大学吗？"

"要是我们有很多钱的话，那我就会很乐意去读大学。可是我不想一个人去享受，却要让你们为我付出代价。"

"你的古德菲伯伯会很生气的。"格兰特太太若有所思地说。

"我想他会的，我也会感到非常难过。我很感激他对我的好意，而且我也没有权利让他跟我一样看待这件事情。要是他生气

的话，我会感到更难过，但是我觉得他的好意并不能影响我的决定。"

"你必须自己做决定，萨顿。这件事跟你自己的关系最为密切。可是要是你决定去工作的话，你将会怎样为自己找份工作呢？"

"我想去找雷诺德先生，看他能否帮我找份工作。"

"雷诺德先生是谁？"他母亲有些吃惊地问道。

"我忘了我还没告诉您我在去城里路上遇到的这位先生。他是华尔街的一名经纪人。他听到了我的谈话，然后就对我产生了兴趣，他打算尽力帮我找份工作。"

"去纽约要花钱的，而且他也未必一定能够帮得了你。"格兰特太太谨慎地说。

"是的，妈妈，可是我觉得他一定会帮我的。"

就在这个时候，萨顿收到法院传票，要去纽约处理关于珠宝店内那位自称为辛普森太太的女士接受审判的事情，虽然她并没有资格这样称呼自己，法庭需要萨顿出庭作证。当然，法庭会承担他的所有开销。于是萨顿决定利用这次机会去一下雷诺德先生的办公室。

我在这里并不会详细谈到辛普森太太的审判。她被认定有罪，被判刑入狱。

　　当萨顿作完证之后，他来到了华尔街，然后毫不费力地找到了雷诺德先生的办公室。

　　"我可以见一下雷诺德先生吗？"他问一个正趴在桌子上写东西的年轻人。

　　"你是来买股票的吗？要是这样的话，我可以处理。"

　　"不，"萨顿回答，"我见他是因为一些私事。"

　　"他现在在股票交易所。如果你愿意的话，可以坐在那里等一下，他可能会在20分钟内回来。"

　　萨顿坐了下来，不到20分钟，雷诺德先生回到了办公室。这位经纪人立刻认出了我们的男主角。

　　"哈，我来自乡下的小朋友，"他说，"你是来看望我的吗？"

　　"等您有时间的时候，先生。"萨顿很高兴对方能够立刻认出自己。

　　"你不会等太久的。先自己玩一下吧，几分钟就行了。"

　　雷诺德先生的办公室一向讲究效率。这位经纪人还有一个特点：他对待一个孩子就像对待一位最重要的客户一样有礼貌。我发现这是一个很不寻常的素质，所以当我们遇到这种人的时候也就会更加感激对方。

　　很快，雷诺德先生出现在里面办公室的门口，他示意萨顿进

去。

"请坐，我年轻的朋友，"他说，"告诉我，我能为你做些什么？"

"当我在火车上见到您的时候，"萨顿说，"您告诉我，要是我想找份工作的话，可以来找您，您会看看是否能帮助我。"

"是的，我说过。你决定要找份工作了吗？"

"是的，先生。"

"你的父母愿意让你来纽约吗？"

"是的，先生。我母亲愿意，我父亲通常会同意我母亲的决定。"

"好的。我不会雇用一个违反父母意愿的孩子的。告诉你吧，你来得正是时候。两年来我一直在请一位老朋友的儿子做一份工作，他做得很好，可是他现在要跟父亲去国外待一年，所以我必须找人填补他的空缺。要是你愿意的话，你可以做这份工作。"

"再好不过了，"萨顿高兴地说，"您觉得我能胜任这份工作吗？"

"哈理·贝克会在两个星期后离开。他会告诉你具体的工作内容，要是你跟我想象的那样善于学习的话，两个星期的时间就足够了。"

"我什么时候来呢，先生？"

"下个星期一早晨。今天是星期四，你还有时间先搬到城里来安顿好。"

"我想我最好是星期六先过来，这样我就可以在工作之前找到地方寄宿。您能帮我推荐一些价格合适的地方吗，雷诺德先生？"

"第一个星期你可以住在我家里。那样你就有机会好好了解周围的情况。我住在西三大道58号。你最好把它记在纸上。你星期一任何时候都可以过来。这样你就可以在家里过星期天，你可以到星期二的时候再开始工作。"

萨顿礼貌地表达了感谢，然后心情愉快地离开了办公室。就在华尔街和新大街交叉的地方，他突然碰到了一个面孔熟悉的"大个子"擦鞋匠。

"汤姆·卡戴尔！"他叫了起来，"是你吗？"

当汤姆·卡戴尔转过身来看清是谁在叫自己的时候，他的脸立刻惭愧得红了起来，而且还尽力把自己擦鞋的盒子藏起来。对他来说，让别人知道自己被迫从事这个行业是件丢人的事情。

"你什么时候到城里来的？"他结结巴巴地问道。

"今天早晨刚到。"

"我想你看见我做这个会很惊讶吧！"汤姆尴尬地说道。

"不会呀！这没有什么，"萨顿说，"这是一份相当诚实的工作。"

"对我来说，这工作有些让人难受，"汤姆不安地说，"事实上，我的运气很糟糕。"

"听到这个很遗憾。"萨顿说道。

"我本来打算在华尔街找份工作，可是我来得太晚了。还被人抢了钱。"

"多少？"萨顿好奇地问道，因为他根本不相信对方所说的话。

"8美元33美分。"汤姆油腔滑调地说道。

"你这么聪明的人不应该被抢啊！"萨顿说，"要是一个像我这样从乡下来的没见过世面的小孩子被抢，那倒不会让人感到奇怪。"

"我当时在睡觉。"汤姆急忙解释道，"一个家伙那天晚上溜进我的房间，拿走了我的钱包。我也没办法，不是吗？"

"我想是的。"

"所以我必须找些事情做，否则就只能回克尔布鲁克。我说，萨顿……"

"怎么？"

"别告诉家里的人我在做什么啊，你是个好人。"

"要是你不希望我说的话，我就不说。"

"再过几天，我就可以找到别的工作。"

"依我看，擦鞋比闲着到处逛好多了。"

"我也是这么觉得的。可是你还没告诉我你到城里来做什么呢？"

"我遇到些好事。"萨顿说。

"你不是找到工作了吧？"汤姆吃惊地说道。

"是的，我要去股票经纪人雷诺德先生那里工作了。这里是他的签名。"

"不会吧！为什么，我本来就是要找一份这样的工作啊！你怎么得到这个机会的？"

"就在我们一起来纽约的那天，我在车厢里认识了雷诺德先生。"

"然后你向他申请一份工作？"

"我今天早晨才申请的。"

"你完全可以把这个工作机会让给我啊！"汤姆嫉妒地嘟囔道，"你知道那正是我想要找的工作。"

"我想我的这份工作并不是你想象的那样。"萨顿微笑着说，"而且，他也不会雇用你。"

"为什么不？我想知道，难道我没有你聪明吗？"汤姆·卡

戴尔生气地反驳道。

"他听到了那天我们在车厢里的谈话，他并不喜欢你说的内容。"

"我说什么了？"

"他不赞成孩子抽烟或者是去木桶商店，而这两件事情你都提到了。"

"他怎么听到的？"

"他就坐在我们后面。"

"就是我从抽烟车厢回来的时候看到的那个跟你坐在一起的老家伙吗？"

"是的。"

"都是我运气不好。"汤姆沮丧地说。

"你什么时候开始工作？"稍微停顿了一下之后，汤姆接着问道。

"下个星期一。"

"你住哪里？我们可以合住一个房间。那样会更好一些，因为我们两个人都是来自同一个地方。"

萨顿觉得这种安排根本不适合自己，不过他觉得自己也没有必要这么说。他只是说："刚开始的时候，我会住在雷诺德先生家里。"

"你不是在开玩笑吧！他为什么这么喜欢你？"

"要是他真的喜欢我，我想他会一直喜欢下去的。"

"我想他肯定住在城里某座豪华的棕色石头造的大楼里。"

"很可能，我没见过他的房子。"

"哦，有些家伙运气就是好，可惜我不是他们。"汤姆嘟囔道。

"我想你的运气就要来了，汤姆。"

"我希望它能早点到。哦，对了，要是你家人不让你接受这份工作呢？"他一边问道，一边突然神情一振。

"他们不会反对的。"

"我想他们想让你去读大学。"

"我读不起。那样我要很长时间不能赚钱，而且我也该帮忙一下家里了。"

"我一定要去找份好工作，"汤姆耸了耸肩膀，说，"我只能这么做。"

汤姆的母亲是一位非常勤劳的女人，多年以来，她一直靠洗衣服为生。尽管如此，她的家庭总是得不到足够的食物。他父亲是一个极其懒惰而又脾气暴躁的家伙，没有一点男子汉气概，整天只关心自己。在这一点上，汤姆倒是很像他父亲，只是他不像父亲那样脾气暴躁。"我想我不会放弃这份工作的。"萨顿回答，"要是我放弃的话，我会跟对方提起你的名字。"

"你真是个好人。"

　　萨顿并不愿意推荐汤姆，因为他不能昧着良心去做这样的事情。可是汤姆并没有意识到这一点。

　　"好了，汤姆，我要走了。再见，祝你好运。"

　　萨顿满脸兴奋地回到家里，告诉母亲自己的好运气。

　　"我很高兴你能住在老板家里，"她说，"我希望你能一直住在那里。"

　　"我也希望如此，妈妈。可是我想我还是应该找一个舒服的地方寄宿。汤姆·卡戴尔想跟我住在一起。"

　　"我希望你不要跟他在一起。"格兰特太太警惕地说道。

　　"暂时不会的。我希望汤姆能够遇到好运，可是我不会跟他太亲密的。好了，妈妈，我想我应该给古德菲伯伯写封信，告诉他我的决定。"

　　"应该这样做，萨顿。"于是萨顿写了下面这封信，并立即把它寄了出去：

　　亲爱的古德菲伯伯：

　　　恐怕您不会喜欢看到我下面要告诉您的事情，可是我想我还是应该对自己的家庭尽到责任，放弃您提供给我的读大学的计划，因为父亲的收入实在太少了，不足以维持家里的费用。有人请我到纽约一家股票经纪人公司工作，我已经接受了这份工作。下个星期一我就要开始工作了。我希望能够过着自食其力的生活，并且能尽快帮助我的父亲。我知道您会感到非常失望，古德菲伯伯，我希望您不会以为我不愿意接受您的帮助，因为在我看来，要是那样的话，我就太自私了。请您原谅我！

爱您的侄子萨顿·格兰特

24小时之内，回信来了。信上写道：

萨顿侄子：

　　我简直不敢相信你会做出如此愚蠢、如此忘恩负义的事情。很少有人会像我这样去帮助一个孩子。我想你现在还无法理解一份职业教育的重要性。我希望你能够对得起格兰特这个姓，维持我们的家族传统，成为一个有学识的绅士。可是你居然愚蠢地想到要去一家经纪人公司，而且我觉得你一定对这份工作非常满意。我再也不会提出以前那样的建议了。从今以后我再也不管你的事情了，就让你去做自己的蠢事吧！总有一天，你会意识到自己的蠢行的。

古德菲·格兰特

看完回信以后，萨顿叹了一口气。他感觉伯伯冤枉了自己。他并不愚蠢，他只是在努力尽到自己的责任，所以才不得不放弃接受职业教育。

星期一早晨，他搭乘了最早一班火车，前往纽约。

第 **5** 章

华尔街的生活

　　一到城里，萨顿就立刻赶到了雷诺德先生的办公室里。他手里拿着一个已经有些磨损的箱子，里面装着几件衣服。当萨顿走进办公室的时候，这位经纪人正要前往股票交易所。

　　"你很准时啊！"他微笑着说。

　　"是的，先生，我总是很准时。"

　　"这是个很好的习惯。过来，哈理。"

听到他的召唤，比萨顿大两岁，体型也稍大一些的哈理·贝克走了过来。这是一个很惹人喜欢的孩子，他用友好的目光打量了一下萨顿。

"哈理，"雷诺德先生说，"这位是你的继任者。帮我个忙，向他介绍一下工作内容，这样等你离开的时候，他就可以接替你的工作了。"

"好的，先生。"

经纪人急忙赶往交易所，只剩下两个孩子单独在一起。

"你叫什么名字？"这位城里孩子问道。

"萨顿·格兰特。"

"我叫哈理·贝克。你习惯在城里生活吗？"

"不，我想你会发现我在这方面其实很没经验的。"萨顿回答。

"喔，我想你应该很快就会适应的。"哈理仔细看了看萨顿，然后说道。

"希望如此。你要去欧洲了吧，雷诺德先生告诉我的。"

"是的，州长会带我去。"

"州长？"

"我是说我父亲。"哈理微笑着说。

"你不会因为要离开而感到难过吧？"

"哦，不！我想我会过得很开心。你觉得呢？"

"是的，要是我有钱的话，我也会去欧洲的。可是我现在还是情愿在办公室里工作。我是一名穷牧师的儿子，必须自己养活自己。"

"你怎么认识雷诺德先生的？"哈理问道。

萨顿告诉了他。"他这人容易相处吗？"他有些担心地问道。

"他非常善良，非常体贴。不过他也很严格，要求员工非常忠诚。"

"他有权利这样要求。"

"我要向你介绍工作了，你最好跟我一起到处走一下。首先我们要去邮局。"

于是两个孩子就向拿骚大街走去，当时纽约的邮局就坐落在这条街上。哈理指出公司的信箱，拿出一把钥匙打开了信箱，然后拿出半打信。

"这些信里可能会有一些股票订单，"他说，"我们回办公室，把这些信帮克拉克先生打开，然后你可以跟我一起去股票交易市场。"

10分钟之后，他们走进了股票交易市场。萨顿四处打量，毫不掩饰自己的惊讶之情。这就像是一个万神殿。

屋子里挤满了人，每个人都在大喊大叫，相互打着手势，看起来就像疯子一样。地上到处都是纸片，一个凸起的平台上坐着交易所的官员们，其中有交易所主席，他们在快速地喊出一连串股票的名字。每个名字都引发出了一阵混乱的喊叫，后来萨顿知道那是在竞买刚刚被喊到的那支股票。股票经纪人分成了几组，每一组都明显地对某些股票感兴趣。在每个走道上都站着一些好奇的观望者，这些人俯视着整个交易所里的情形，都想知道这里到底在发生什么事情。

看到萨顿惊讶和迷惑的表情，哈理·贝克不禁感到好笑。

"你很快就会习惯这样的情形，"他说，"嘿，那是雷诺德先生。我得跟他说句话。"

雷诺德先生站在一块牌子附近，牌子上用刺眼的字母刻着"伊利"两个字。哈理递给他一张纸，雷诺德先生接过纸，快速浏览一眼，然后重新开始竞价。

"他刚刚买了1000股伊利股票。"哈理在萨顿旁边说道。

"1000股？"

"是的，1000股，55一股。"

"55美元？"

"是的。"

"这可是55000美元啊！"萨顿惊讶地叫了起来。

"是的，这是我刚刚带过来的订单。"

"如果这仅仅是一天的交易量的话，那从事这一行的人一定得非常有钱才行。"

"是的，但也不像你想象的那样。我现在无法解释，可是你很快就会明白的。现在我们回去看看办公室里是否有什么事情要做。"

不久之后，哈理又去了一趟交易所，萨顿跟他一起去。他又发现了一些新的让自己大吃一惊的事情。

一个穿着非常体面的高个男人正穿过交易所，突然一个人一下子把他的高帽子打到地板上。当受害者转过身的时候，那个捣蛋鬼立即假装在看备忘录，高个男人开始对身旁一个个头不高、身材矮胖的年轻人产生了怀疑。于是他用力把这个年轻人的帽子打掉在地，然后说："这样做对我们俩都没好处。"

这就引发了一场小小的冲突，有十几个人都参与了进来。其中大部分都是中年经纪人，他们看起来好像是一群学校的孩子在做游戏。看到这副情形，萨顿脸上不禁流露出了惊讶之情。

"这是什么意思，哈理？"他问道。

"哦，这种情况经常发生。"哈理笑着说。

"我们从来没见过大人们这个样子。他们不是在打架吗？"

"哦，这很有趣。经纪人们跟做其他生意的人不一样，"哈

理解释道，"这是这里的惯例之一。"

让萨顿感到惊讶的是，就在这个时候，他居然看到自己的老板雷诺德先生在地上追赶自己那正在地上乱滚的帽子。他正要跑过去帮忙，哈理急忙制止了他。

"他们不许别人插手，"他说，"让他们自己玩吧！第一次来交易所的时候，我也觉得很奇怪，可是现在我已经习惯了。我们可以回办公室了。"

我们没必要详细地重复孩子们每天的工作细节了。

萨顿发现自己的同伴是一个非常热心的人，总是愿意随时向他提供必要的资讯。很多孩子都喜欢恶作剧，去捉弄那些乡下来的孩子，可是哈理显然不是这种人。他对萨顿非常友好，回答了他所有的问题，而且尽量帮助他适应即将接手的工作。

就在快要下班的时候，萨顿和他的新朋友一起去银行存了些钱。当天的存款金额高达2万美元。

"纽约一定有很多钱，"萨顿说，"在克尔布鲁克，要是一个人有2万美元的话，他会被认为是一个有钱人。"

"在纽约发财要困难得多。在股票交易所里，一个人对资金的依赖性要比在其他行业里对资金的依赖性小很多，一个不是那么有钱的人也可以把生意做得很大。"

在他们从银行回去的路上，萨顿迎面遇见汤姆·卡戴尔。汤姆正忙着跟一个同伴聊天，那个人看起来比汤姆年长几岁。他并没有特别留意萨顿，而萨顿也不大喜欢这个年轻人——他的脸色发红，满是雀斑，目光凶狠，一看就不大惹人喜欢。

"你认识这些家伙吗？"哈理·贝克问道。

"那个最年轻的是从克尔布鲁克来的。"

"那他可找错了朋友。我希望他跟你关系不是太亲密。"

"一点也不。不过我们认识，所以看到他跟这样一个同伴在一起，我还是感到很遗憾。"

4点钟的时候，雷诺德先生打算下班回家。他示意萨顿跟他一起回去。

"第一天在华尔街的生活，感觉如何？"雷诺德先生和蔼地问道。

"我觉得非常有趣。"萨顿回答。

"你觉得你会喜欢这个行业吗？"

"是的，先生，我想我会喜欢的。"

"比你原来的计划，去读大学，还要好吗？"

"是的，先生，就目前的情况来说是这样的，因为我希望能够帮助自己的家人。"

"这样很好。你有兄弟姐妹吗？"

"一个弟弟，一个妹妹，先生。"

"我只有一个孩子，今年9岁。虽然他头脑聪明、反应敏捷，可是身体不是很强壮。我希望他能更爱运动一些，不要把那么多时间用在读书和学习上。"

"我想大多数孩子都不会反对这个建议的，先生。"

"我妻子去世了，我平时又非常忙，没时间照顾孩子。因为我没有其他孩子，所以这个孩子的健康状况对我来说非常重要。"

萨顿突然变得感兴趣起来，他开始很渴望能够见到老板的孩子。当然，他并不需要等太久。

当父亲到家的时候，那小家伙正站在自家门前的大街上。他看来起来很纤弱，有些老成，好像总是跟成年人在一起生活。他的身体很小，不过脑袋却很大。他脸色苍白，要不是有一双又大又黑的眼睛让他的面孔变得有神，他会是一个看上去非常普通的孩子。

"欢迎回家，爸爸。"他一边说着，一边跑上去迎接雷诺德先生。

经纪人蹲了下去，亲了亲自己的儿子，然后说："我给你带来了一个朋友，赫伯特。这是萨顿·格兰特，我跟你说过的那个孩子。"

"很高兴见到你。"这孩子一边说着，一边非常老成地伸出了手。

"我也很高兴见到你，赫伯特。"萨顿高兴地回应。

这小孩抬起头来，认真地看着父亲办公室的这个男孩。"我想我会喜欢你的。"他说道。

雷诺德先生看起来很高兴，萨顿也是如此。

"我敢肯定我们会成为好朋友的。"我们的男主角说道。

"赫伯特，"他父亲说，"你愿意带萨顿到他的房间里看看吗？"

"就在我隔壁，对吧，爸爸？"

"是的，我的孩子。"

"跟我来吧！"赫伯特一边说着，一边拉起了萨顿的手。"我带你去。"

萨顿以前只进过村子里那种普通房子，所以一走进房间，他显然被屋子里的豪华奢侈吓呆了。分给他的那间房子很小，不过装修得非常漂亮，他几乎有些不适应。不过我们可以预料到，过不了多久，他就会习惯这里。

赫伯特接着又带萨顿来到了自己的房间。

"来看看我的书。"他一边说着，一边带着萨顿走到了一个书架前面，里面大概有上百本书，其中大部分都是给青少年看的，还有一些更加适合成年人阅读。

"你喜欢读书吗？"萨顿问道。

"你看到的所有书我都看过，"赫伯特回答，"我还看了爸爸的一些书。跟运动相比，我更喜欢读书。"

"可是你应该多花些时间做运动啊，否则你就无法健康地长大。"

"爸爸也是这么说的。我也尽量多做运动，可是我还是不太喜欢。"

萨顿终于明白这孩子为什么看起来那么瘦弱了。显然，他需要更多的娱乐和运动。"或许，"他想，"我可以想办法让赫伯特多做一些运动。"

"你什么时候吃晚饭？"他问道。

"6点半。我们还有很多时间。"

"那我们可以一起出去走走。那样就会有一个好胃口。"

"好的，"赫伯特回答，"是跟你一起去吧！我不喜欢一个人散步。"

"中央公园离这里有多远？"

"一英里多一点。"

"我从来没去过那里。你介意跟我一起走到那里吗？"

"哦，不介意。"

于是两个孩子一起走了出去。他们很快就聊得热络起来，大部分时候都是萨顿在提问题，然后由赫伯特来回答。

就在距离公园不远的地方，他们看到了一片空地，几个孩子正在那里玩球。

"要是我们有个球的话，赫伯特，"萨顿说，"我们就可以好好玩玩了。"

"我口袋里有个球，可是我不常玩。"

"给我看看。"

赫伯特拿出了球，萨顿发现这是一个相当昂贵的球，比自己以前有过的所有球都要好。

"好了，赫伯特，你就站在这里，我会走到50英尺之外的地方……好了，现在把球扔给我，越快越好。"

他们很快就开始玩起了扔球游戏。萨顿玩得很好，他很快就让这孩子对运动产生了兴趣。我们的男主角很高兴看到赫伯特开始从安静、沉稳变为充满活力——这或许更加适合孩子。

"你在进步，赫伯特，"过了一会儿，他说，"你迟早会成为一名好球手的。"

"我以前从来不喜欢这个，"小孩子说，"我从来不知道玩球这么有趣。"

"以后我们每天都可以玩一会儿。不过，我想我们现在应该回家吃晚饭了。"

"可是我们还没到中央公园呢！"

"改天吧！孩子们可以在公园里玩球吗？"

"一个星期有两个下午可以，不过之前我从来没在那里玩过球。"

"我们可以去试试。"

"我很喜欢玩球——跟你一起玩。"

他们及时赶到家吃晚饭。在晚餐桌上，雷诺德先生对儿子的样子大吃一惊：他的脸色比平时都要好，充满了活力，而且胃口也比平时好了很多。

"你做什么啦，赫伯特，怎么这么饿？"他问道。

"我跟萨顿出去散了一下步，我们玩了一会儿球。"

"我很高兴听到这个，"股票经纪人显然很高兴，"要是你想变得像萨顿这样强壮的话，你最好能够多运动运动。"

"我以前从来不喜欢玩球，爸爸。"

"这是在夸你呢，萨顿。"经纪人微笑着说。

"我想，"他对旁边的女管家说，"要是有个孩子在家里的话，赫伯特会变得好一些的。"

"我知道，"艾斯塔布鲁克太太生硬地说，"赫伯特回来的时候身上还有泥呢！这种事在那孩子来这里之前可从来没发生过。"

"要是赫伯特能更健康的话，我倒不介意这个。"

艾斯塔布鲁克太太（她是赫伯特母亲的一个穷亲戚）噘起了嘴巴，没有回答。在她看来，赫伯特的整齐、干净要比他的脸色和健康更重要。

"我希望那孩子在这里待的时间不要太久，"她想道，当然，她指的是萨顿。"他会把赫伯特带坏的，让他变成个既粗鲁又不重形象的野孩子。"

"嗯，赫伯特，你觉得萨顿怎么样？"这天晚上，当赫伯特向父亲道晚安的时候，雷诺德先生问道。

"我很高兴您能把他带来，爸爸。我会很开心的。您会让他住在这里的，是吗？"

"我会的，赫伯特。"他父亲笑着回答。

第四天，当萨顿正在跟雷诺德先生走在回家的路上的时候，他突然想起自己有个问题一直要问雷诺德先生："雷诺德先生，您看我是不是该搬出去了？"

经纪人笑了笑，然后假装着很严肃地说："你不喜欢现在的地方吗？"

"怎么可能呢，先生？"萨顿急忙回答，"可是您告诉我，我只能住一个星期啊，您给我一个星期时间让我去租一个合适的

地方。"

"是的。可是要是你想搬家的话，估计有些困难。"

"什么困难，先生？"

"恐怕赫伯特不会同意的。事实上，萨顿，赫伯特非常喜欢跟你在一起，你带他做了很多运动，这给他带来了不少好处，我想你恐怕要下决心留下来了。"

萨顿的表情说明他很高兴。

"我很高兴留下来，雷诺德先生。"他回答，"如果您愿意的话。"

"我从一开始就想让你留下来，"经纪人说，"可是我想看看你跟赫伯特相处得怎样。我希望你能够给他带来一些好的影响，而且我希望你能够成为我们家的一员。"

但这家有个人显然并不喜欢雷诺德先生的安排。这个人就是管家艾斯塔布鲁克太太。

正当这个星期快要结束的时候，一天晚上，在孩子们回到自己的房间之后，她说："你打算让那孩子在这里住到什么时候，雷诺德先生？"

"你问这个做什么？"经纪人问道。

"只是想尽早做些安排。"管家装出一副无所谓的样子。

"萨顿他还要在这里住上相当长的一段时间，艾斯塔布鲁克太太。"

"我……我以为他只住一个星期。"

"他在这里陪赫伯特，而且我也想把他留下来。"

"赫伯特现在经常把衣服弄得很脏，以前可不是这样，"管家满脸不悦地说，"也不知道那孩子都把他带到什么地方去了。"

"我也不知道，不过我相信萨顿。至于赫伯特的衣服，我觉得跟他的健康相比，这并不是个问题。"

艾斯塔布鲁克太太静静地沉默了5分钟。她一点也不喜欢老板的这个安排，而且她根本不喜欢萨顿——当然，这主要是出于嫉妒。她有个继子，今年21岁，也在雷诺德先生的办公室里工作，她希望他能够取代萨顿的位置。她也不时地暗示过雷诺德先生自己的这个想法，可是雷诺德先生似乎从来没有想过这个问题。这个管家的计划相当长远，她知道赫伯特的身体非常虚弱，而且她甚至怀疑他能否长大成人。要是他早早就死了，并且她的继子能够得到经纪人的喜欢，他很可能就会成为他的继承人。可是现在这个叫萨顿的家伙显然取代了她亲爱的威立斯·福特的位置。艾斯塔布鲁克太太感觉很难过，她觉得自己受到了不公平的待遇，所以很自然地，她对无意中让她感到失望的萨顿也没有好感。

"您觉得一个像萨顿·格兰特这样的穷孩子适合当一个富人

家孩子的朋友吗，雷诺德先生？请原谅我这么说，因为我真的很喜欢亲爱的赫伯特。"

"萨顿·格兰特是一个乡村牧师的儿子，受过良好的教育，"经纪人冷冷地说，"他是穷，不过我并不在乎这一点。我觉得，艾斯塔布鲁克太太，我们不要再讨论这件事情了。我想我自己完全有能力为自己的儿子选择合适的伙伴。"

"希望您能原谅我，"这个女管家显然发现自己有点过头了，"我太关心小赫伯特了。"

"要真是这样的话，你就不会介意他的脏衣服给你带来的麻烦了，因为那样对他的健康有好处。"

"那个阴险的小乞丐显然已经得到老板的信任，"艾斯塔布鲁克太太愤愤不平地想，"可是这种情况持续不了多长时间。"

几分钟之后，当管家回到起居室的时候，有人告诉她威立斯·福特要见她。

艾斯塔布鲁克太太的瘦脸一下子兴奋了起来——她很喜欢自己的这个继子。

"马上请他过来。"她说道。

一分钟后，那个年轻人走进了房间。他是一个身材瘦削，脸色发黄的年轻人，一双黑眼睛总是在四处打量，脸上总是一副不满的表情——好像整个世界都对不起他似的。

"欢迎你，我亲爱的孩子，"管家热情地拥抱他，并且说，"我很高兴见到你。"

威立斯不情愿地接受了继母的拥抱，然后一屁股坐到了对面的摇椅上。

"你好吗，威立斯？"艾斯塔布鲁克太太急忙问道。

"是的，我还好。"年轻人嘟囔道。

"你看起来有些不对劲。"

"是的。"

"出什么事了吗？"

"工资太低了，我简直受不了。"

"我觉得一星期15美元已经很好了。你的工资不是去年一月份刚涨了3美元吗？"

"可是我想在7月1日的时候再涨3美元。"

"你向雷诺德先生申请了吗？"

"是的，可是他告诉我必须等到明年1月份。"

"我想他会给你涨工资的，就算是看在我们两家关系的分上。"

"说不定您跟他说一声会有用的，妈妈。"

"你的住宿费是多少钱，威立斯？"

"每星期6美元。我跟一个朋友一起住，否则我一个人要付8

美元。"

"这就是说你每星期有9美元来应付其他开支。我想你可以攒点钱了。"

"不可能。我还要买衣服，有时候还要去剧院，而且事实上，9美元并没有您想象的那么多。当然，女人通常不需要花费太多——她们跟男人不一样。"

"要是能把房租也省下来的话，你的收入就等于增加了，不是吗？"

"当然。您认识哪个大方的人愿意让我白住吗，妈妈？"

"你们办公室里来了个新孩子，是吗？"

"是的，是个乡下孩子。"

"你知道他就住在这里吗？"

"不知道，他住这里吗？"

"雷诺德先生今天告诉我他会让那孩子一直住在这里陪他儿子。"

"他真走运。"

"我希望雷诺德先生能让你住在这里。"

"不过我倒更希望他能补偿我点钱，让我住在我自己喜欢住的地方。"

"但是你忘记了，要是住在这里的话，你就会有机会让他喜欢上你，而且如果赫伯特死了，你就有可能取代他的位置，成为继承人。"

"这个主意不错，可是我觉得这不可能。我可能没有这么好的机会。"

"但是那个新来的孩子会有机会。他是个阴险的家伙，在我看来，他的目的就是要成为继承人。"

"我觉得那个小乞丐没那么坏。他看起来很安分。"

"真人不露相。你最好防着他，我也是。"

"我会的。"

第二天，萨顿觉得威立斯·福特突然变得对自己非常严厉，并且明显地不友好起来。

"我做了什么冒犯他的事情吗？"他想。

第 6 章

威立斯·福特的新朋友

到目前为止，我们还没有介绍萨顿在这家经纪人事务所的薪酬情况。萨顿不喜欢问这件事情，尤其是当他在第一个星期结束的时候知道雷诺德先生的安排之后。

他发现自己可以长时间住在老板家里的时候，他认为自己的报酬一定很少，说不定每个星期只有1美元。可是他节省了一笔租金，如果他在其他地方住的话，交了房租之后，说不定也只能剩下1美元，而现在他还可以住在老板那漂亮又舒适的家里。

星期六下午的时候，雷诺德先生说："对了，萨顿，我应该付你工资了。我想我们还没商量过这件事呢！"

"是的，先生。"

"每星期6美元，你觉得怎么样？"

"我很满意，雷诺德先生。可是您要扣去住宿费吧！"

雷诺德先生笑了笑。

"那是另外一回事。"他说，"就当作是你陪伴赫伯特的费用吧。只要我的孩子能够更幸福，我就觉得值得请你住在我家里。"

萨顿为眼前突然出现的光明前景感到欣喜不已，他满脸放光地说："您真是太善良了，雷诺德先生。这样我就可以帮助我的父亲了。"

"你可真是个好孩子。威立斯，付给萨顿6美元。"

威立斯照做了，可是他看起来很不高兴。根据他的估计，加上住宿费在内，萨顿的薪水几乎达到每星期12美元了，这只比他自己的薪水少3美元，他已经在办公室工作5年了，而且跟经纪人还有亲戚关系。

"真丢人，"他想，"这个乡下来的新手工资居然跟我差不多——我必须把这件事告诉妈妈。"

那天晚上，萨顿感到幸福极了。他决定每个星期省下3美元寄给自己的母亲，自己攒下1美元存到银行里，然后用剩下的2美元支付衣服和其他开销。

星期一下午，因为雷诺德先生有事耽误了一下，所以萨顿一个人回到家里。他想去百老汇看看，因为他感觉那里热闹的集贸市场非常有趣。就在加纳尔大街拐角的地方，他碰到了汤姆·卡戴尔。汤姆正无精打采地站着，两只手插在口袋里，脑子里显然没在想什么工作的事情。

"喂，萨顿！"他突然认出了萨顿。

"你还好吗，汤姆？"

"我还好，可是最近手头确实很紧。"听到这个，萨顿不禁大吃一惊。

"有个家伙欠我7美元，我要到下个星期才能要回来。"汤姆一边接着说，一边瞅着萨顿的表情，看他是否相信。

萨顿并不相信，不过他觉得自己也没有必要说出来。

"这可真够麻烦的。"他说道。

"确实。你能借给我几美元吗？"

"我想我不能。"

汤姆看起来有些失望。

"你现在能赚多少钱？"他问道。

"一星期6美元。"

"对于一个像你这样的孩子来说，这可真不错了。我想你跟我住一个房间，那样会更便宜一些。"

"我还是待在我现在住的地方吧！"萨顿说道。

要是对方不问的话，他也不想告诉对方自己现在住在雷诺德先生家里，因为要是那样的话，汤姆就会去看望他，他可不喜欢把汤姆介绍给自己的新朋友，或者汤姆可能会更加急切地找自己借钱。

"你现在住哪儿啊？"萨顿停顿了一下，然后问道。

"柯林顿大街。我在那里有个房间，在外面吃东西。有一个在你办公室工作的家伙跟我住在同一间房子里。"

"谁啊？"萨顿赶忙问道。

"威立斯·福特。"

"是吗？"萨顿惊讶地回答，"你认识他吗？"

"不太熟。我不喜欢他。他太高傲了。"

萨顿没做评论，可是他心里确实同意汤姆的说法。"你找到工作了吗？"他问道。

"暂时还没有，"汤姆回答，"我很快就会找到一份好工作的。你手头有25美分吗？"

萨顿从口袋里拿出25美分交给汤姆。他不喜欢汤姆，可是还

是愿意帮他点小忙。

"谢谢。"汤姆说，"我可以用它买顿晚饭。我一两天就还你。"

萨顿并不觉得汤姆会还钱，可是他觉得自己还可以承受得起这点损失。

四天之后，他在华尔街遇到了汤姆。对方变化实在太大了！他穿着一身新外套，系着一条花哨的领带，口袋里垂下一根看起来像是金子做的链子。萨顿吃惊地看着他。

"你好吗，萨顿？"汤姆一副得意扬扬的口气。

"很好，谢谢你。"

"我希望你能过得好。"

"很好，你看起来发达了。"

"是的，"汤姆懒洋洋地回答，明显是在享受萨顿惊讶的目光，"我告诉你我会找到一份好工作的。对了，我还欠你25美分呢——给你。多谢你帮忙。"

萨顿把硬币装到口袋里，他本来并没有打算汤姆会还他这笔钱，然后他继续吃惊地望着汤姆。他想不出汤姆到底找了份什么工作，居然这么快就完全变了个人。

"我不介意告诉你，"汤姆回答，"但是你要知道，这是机密。我是一个秘密的经纪人。"

"看起来是一份相当不错的工作。"

"是的，是不错。我可以告诉你，我不可能白干。"

"我很高兴你能有这么好的运气，汤姆，"萨顿真诚地说，"希望你能做得很好。"

"哦，我想我会的！一个像我这样的人注定要过好日子。你好，吉姆！"

汤姆最后这句话是对一个穿着时髦的家伙说的——事实上，就是上次萨顿看到汤姆时跟他在一起的那个家伙。

"你这位朋友叫什么名字？"吉姆打量了一下萨顿，然后问道。

"萨顿·格兰特。他跟我是同乡。他在新街经纪人雷诺德先生的办公室里工作。"

"介绍一下。"

"萨顿，我来给你介绍我的朋友，吉姆·莫里森。"汤姆摆了摆手说。

"很高兴认识你，萨顿。"吉姆·莫里森一边高兴地说着，一边伸出了手。

"谢谢你。"萨顿谨慎地说道。尽管他对汤姆的这个新朋友并不大感兴趣，可是他还是跟对方握了握手。

"晚上过来看我们吧，萨顿。"汤姆说，"我们可以带你到

处看看，对吧，吉姆？"

"当然。你的朋友应该好好见识一下这座城市。"

"你也可以带他到处看看。好吧，我们该走了，午饭时间到
了。"

汤姆拿出了怀表，从成色上来看，这块表即使不是金的也是
金色的，然后两个人就扬长而去了。

"汤姆到底找了一份什么工作啊？"萨顿有些迷糊了。

两个星期过去了，当哈理·贝克离开办公室之后，萨顿全面
接过了他的工作，在哈理的热情帮助下，他已经完全掌握了经纪
人办公室的日常运作情况。他还记住了所有主要经纪人的名称和
他们的公司名称，从各个方面来说，他都已经成为一名合格的帮
手了。

雷诺德先生对他非常照顾，而且看起来也已经完全信任他
了。可是由于某种原因，他还是不能理解为什么威立斯·福特总
是感觉不那么真诚，他似乎总在挑萨顿的毛病，这在刚开始的时
候让萨顿感到不快。可是当他发现问题来自福特的时候，虽然他
仍然感到有些不快，但他已经不再为此苦恼了。因为他已经知道
了福特跟艾斯塔布鲁克太太的关系，而艾斯塔布鲁克太太对萨顿
也是同样冷淡。

"既然我怎么也不能让他们喜欢我，"萨顿自言自语道，

"那我也不用费心思了。"于是他决定安心地做好自己的工作，能够对得起自己的良心就好了。

几个星期之后的一天晚上，萨顿刚刚听完一场音乐会（雷诺德先生给了他一张票），正走在回家的路上，突然，他看到威立斯·福特，汤姆还有吉姆·莫里森走在一起。这三个人之间的关系显然非常亲密。

"晚安，萨顿。"汤姆说道。

"晚安，汤姆。"

萨顿看了看威立斯·福特，可是后者却翘起了嘴唇，一句话也没有说。于是萨顿鞠躬示意了一下，然后继续向前走。看到福特和这两个人之间的关系变得这么亲密，他感到非常吃惊，因为他知道威立斯·福特一直是一个很排斥他人的家伙。

要是他知道是吉姆·莫里森曾经借给过威立斯·福特一些钱，让他对自己心生感激，然后又用圈套引诱他参加赌博，借给他几百美元（威立斯·福特还给吉姆·莫里森写了借据）的话，他或许就不会感到这么吃惊了。

"我不知道什么时候能还你。"意识到自己的处境之后，威立斯·福特沮丧地说。

"哦，总会有机会的，"吉姆·莫里森轻描淡写地说，"我不会找你麻烦的。"

可是两个星期之后，当威立斯·福特下班离开华尔街的时候，吉姆·莫里森已经在等着威立斯·福特了。

"我想跟你谈一下，福特先生。"他说道。

"哦，什么事？"威立斯·福特不安地问道。

"我现在手头有点紧。"

"我也是。"威立斯·福特回答。

"可是你欠我600美元。"

"我知道，可是你说过你不会找我要的。"

"我本来也不想这么做，"吉姆·莫里森平静地说，"可是现在情况不一样了，你知道。我必须要你还钱。"

"我现在手头一分钱都没有。"威立斯·福特生气地说。

"那你什么时候会有钱呢？"

"天知道！我没有钱。"

威立斯·福特正要走开，可是吉姆·莫里森却不想让事情就这么结束。他把手搭在威立斯·福特肩膀上，坚定地说："福特先生，这样可不行。你欠了我的钱，就一定要还。"

"你能告诉我到底该怎么还吗？"威立斯·福特一脸讥讽地问道。

"那是你的事，跟我没关系，福特先生。"

"那么，如果这是我的事情，我会在能还的时候告诉你。可是，现在嘛……我要走了！"

他再一次想走开，可是吉姆·莫里森又把手按到他肩膀上。

"你明白吗，福特先生，我是认真的，"吉姆·莫里森说，"我不可能告诉你该怎么去筹钱，不过你必须找到钱。"

"要是找不到呢？"威立斯·福特一脸不在乎的样子。

"那我就要去见你那尊敬的老板了，我会告诉他你欠了我的钱，以及你为什么会欠下这笔钱，还会告诉他我觉得他应该再另外请一名员工。"

"你不能这么做！"威立斯·福特说道，他的脸色显然已经很吃惊。

"我能，而且我会这么做，除非你还我钱。"

"可是……哥儿们，我怎么还啊？你不能逼死我吧！"

"给你三天时间考虑这件事。要是你不能筹到钱的话，我或许会有办法。"

然后两个人就分开了，威立斯·福特一时之间心乱如麻。他不知道该怎么去筹钱。要是筹不到钱的话，他的事情就会被揭发，他就完了。他继母会帮助他吗？他知道艾斯塔布鲁克太太买了1000美元政府债券。要是他能找个借口让她把钱给自己的话，他就可以还钱了，而且他以后再也不会欠别人钱了。他开始怪自己居然会屈服于别人的诱惑。一旦让他过了这一关，他以后再也

不会陷入同样的圈套了。

第二天晚上，他去看望艾斯塔布鲁克太太，他表现得非比寻常地讨人喜欢。一看到他的样子，这位冷酷的女人（她只对威立斯感兴趣）就微笑了起来。

"很高兴看到你心情这么好，威立斯。"她说道。

"要是她知道我的真实感受的话……"她的继子心想。可是他现在最好还是带上面具。

"事实上，妈妈，"他说，"我感觉心情好极了。我投资了一些股票，赚了300美元。"

"是吗？真的？威立斯，恭喜你，我的儿子。毫无疑问，你会觉得钱确实有用。"

"毫无疑问。要是我有更多钱的话，我还可以赚更多。"

"不过你也可能会赔掉啊！"艾斯塔布鲁克太太说。

"风险很小，妈妈。我对股票非常熟悉。要是一个人在证券交易所里没有朋友的话，他最好不要去投资，可是对我来说，投资股票绝对安全。"

"一定要小心啊，威立斯！"

"我会小心的。对了，妈妈，您也买了政府债券是吗？"

"买了一点。"艾斯塔布鲁克太太谨慎地回答。

"多少？"

"大约1000美元。"

"让我来帮你管理吧！我会让它在一个月之内变成2000美元。"

艾斯塔布鲁克太太是个很贪婪的女人，可是她也非常小心谨慎，这都是她从自己的苏格兰祖先那里继承过来的。

"不，威立斯，"她摇着头说，"我不能冒这个险。这笔钱是我花了很多年才积攒下来的。它是我晚年唯一的依靠，我不能冒这个险。"

"可是2000美元无疑更稳妥一些啊！妈妈，实话告诉您，我们有一位客户，他在银行里存了500多美元，每年只收4%的利息——一年只有20美元。他有一位朋友在证券交易所工作，这位朋友帮他进行投资，他们开始买了一些股票，然后又进行重新投资，现在，在三个月之后，你猜他的钱变成了多少？"

"多少？"这个管家感兴趣地说。

"6500美元——是原来的13倍！"威立斯吹嘘道。

当然，这个故事完全是虚构的，威立斯只是想用它来说服继母。艾斯塔布鲁克太太从来不会怀疑威立斯·福特的话，可是直觉告诉她，还是不能掉进这个圈套。

"这听起来确实很诱人，威立斯，"她说，"可是我还是不想冒这个险。"

威立斯·福特感到失望极了，不过他表面上还是不动声色。

"您自己决定吧！"他无所谓地说道，然后又开始聊起了其他话题。

10分钟后，他把手放到胸口，五官开始痉挛起来。"我想我是病了。"他说道。

"我能帮你什么呢，我亲爱的儿子？"管家吃惊地问道。

"你能给我一杯白兰地吗？"威立斯一边大口喘气，一边说。

"我去楼下给你倒一杯。"她赶忙说道。

她刚离开房间，威立斯立刻站起身来，锁上了门，然后走到衣柜前面，打开了上面的抽屉——他口袋里装着这个抽屉的钥匙，把手伸进去，从里面抽出了一个长长的、里面装着一张500美元和五张100美元政府债券的信封，把它塞进自己的口袋里。然后他关上抽屉，打开了房门，当继母回来的时候，他就躺在椅子上呻吟。他接过了女管家端来的白兰地，几分钟之后，他说自己感觉好了一些，然后就起身离开了。

"得救了！"他得意扬扬地叫道，"这下可好了。"

第 7 章

一个陷阱

威立斯·福特急切地想离开。他怕艾斯塔布鲁克太太会在他还没离开房间之前打开橱柜，发现债券不见了，这会让他的处境非常不妙。来到大街上之后，他感觉呼吸都顺畅多了。他现在终于弄到了足够的钱可以还债了，而且他还能剩下400美元。当然，这样偷继母的钱确实让他感到一丝愧疚，无论如何，继母对他是全心全意的。可是威立斯·福特是一个相当冷酷而自私的

家伙，他唯一担心的就是自己可能会被发现。事实上，如果他不能嫁祸给其他人的话，管家很可能会在发现被盗之后马上怀疑到他。可是该嫁祸给谁呢？

突然，他脑子里产生了一个邪恶的念头。那个新来的家伙——萨顿·格兰特，他也住在这栋房子里。他也可能会在这房子里走来走去。谁更有可能走到艾斯塔布鲁克太太的房间里，找到她的橱柜呢？这就是威立斯的推理方式。他知道继母很讨厌萨顿，所以她也很愿意相信是萨顿是个小偷。他会尽量想办法让她怀疑到萨顿头上的。而且他已经想出了一个办法来加深这种怀疑。

读者们会在适当的时候知道这个阴谋的详细内容的。

第二天早晨8点半，在往百老汇大街的路上，威立斯·福特来到了大中央旅馆，走到后面的阅读室里。那里坐着吉姆·莫里森和汤姆·卡戴尔，他们正按照约定在等着他。

威立斯·福特坐到了旁边的椅子上。

"早安。"他高兴地说道。

"带钱了吗？"吉姆·莫里森着急地问道。

"嘘！不要那么大声，"威立斯·福特小心地说，"我不想让人知道我们的事情。"

"好吧！"吉姆·莫里森压低了声音说，"你到底带钱过来了没有？"

"带了。"

"你可真厉害！"吉姆·莫里森脸上露出愉快的表情。

"我是说，我带来了同样值钱的东西。"

"如果是你的借据，"吉姆·莫里森失望地说，"我可不想要。"

"不是借据。是能够换钱的东西。"

"那是什么？"

"是600美元的政府债券。"

"我不懂债券，"吉姆·莫里森说，"而且，你欠我的不止600美元。"

"这里一共是总价值672美元的债券。比我欠你的还多出40美元。可是因为你要去兑换，所以这40美元就不要你还了。"

"我可能会有麻烦的，"吉姆·莫里森怀疑地说，"你从哪里弄来的？"

"这你不用管，"威立斯·福特傲慢地说，"我不是把钱还给你了吗？"

"可是你从哪里弄来的这些债券呢？"

"这是我的事。要是你不想要的话，直接说好了，我可以收回。"

"那你什么时候还钱呢？"

"我不知道。"威立斯·福特无所谓地说道。

"说不定他可以帮我们把这些债券卖掉。"汤姆·卡戴尔建议道。

"很好，汤姆！你为什么不卖掉这些债券，然后给我钱呢？那样你就可以省下40美元了。"

"我不想那样做，"威立斯·福特说，"我感觉你对待我的方式很奇怪。我主动多还你一些钱，可是你却总是不愿意接受。"

"我怕要是我拿这些债券去卖的话，我会惹上麻烦的，"吉姆·莫里森犹豫地说，"我在这行只认识你一个人。"

"是的，确实如此。"威立斯·福特说道，这时他突然想到了一个绝妙的主意。

"你认识我们办公室的那个孩子吧！"

"萨顿·格兰特？"汤姆说道。

"是的，萨顿·格兰特。你们去找他，让他帮你们卖掉这些债券。他会把债券带到我们的办公室，然后我会直接把它们处理掉。"

"好极了！"汤姆说，"这没问题，对吧，吉姆？"

"我想是的，"吉姆·莫里森答道，他看上去非常满意。

"我建议你们今天就去找他。"

"好的！把债券给我。"

威立斯·福特已经把债券分成了两包，一包是600美元，另一包是400美元。他把第一个包递给了吉姆·莫里森。

"赶快放口袋里，"他说，"我们不让任何人看到。有个发电报的孩子正在盯着我们。"

"我要看看是不是都在这里，"吉姆·莫里森小声说道，说完，他从信封里抽出两张债券，亲自检查了一下，以确定这些债券的面额。

"没问题了。"他说道。

"你应该相信我。"威立斯·福特觉得自己被冒犯了。

"做生意的时候，我不会轻易相信任何人。"

"这帮人到底在干吗？"发电报的小男孩自言自语道，"我知道其中一个家伙是个赌棍。那些跟他在一起的人是做什么的？他们手上肯定是政府债券。"

约翰·卡瓦纳是一个非常善于观察的孩子，虽然他并没有想到以后会再见到他们，可是一看到这帮人，他还是在脑子里把他们的样子记了下来。

这天中午，当萨顿正匆忙地穿过华尔街的时候，他突然碰到了汤姆·卡戴尔和吉姆·莫里森。

"你好，萨顿。"汤姆说着，把手放到了他的肩膀上。

"怎么了，汤姆？我有急事。"萨顿说道。

"吉姆·莫里森有点事情要跟你谈。"

"什么事？"

"他想让你帮他卖掉一些政府债券。"

"你最好把它们送到我们办公室来。"

"我没时间，"吉姆·莫里森说，"帮个忙吧，我可以给你1美元。"

"你有多少？"

"六百。"

"是你的吗？"

"是的，我两年前买的，可是现在我必须凑些钱。"

"你想要什么价格？"

"正常价格就可以了。"

"你想什么时候拿钱？"

"明天早晨9点我在第五大道酒店等你。"

"我想最好还是早一点吧！8点半怎么样？"

"没问题。这是债券。"萨顿把信封放进口袋，然后就急忙赶往证券交易所。从办公室回来之后，他把债券交给了威立斯·福特。

"福特先生，"他说，"我的一个朋友交给我的，他想把它卖掉。"

"你认识对方吗？"威立斯·福特问道。

"认识，不过不太熟。"

"哦，那就应该没问题了。我给你开张支票，你去银行取钱吧！"

萨顿没有反对，把支票放进了口袋里。

"那孩子中圈套啦。"威立斯一边高兴地自言自语道，一边对这笔交易做出了记录。

为了进一步实施自己的计划，让其他人怀疑到萨顿头上，威立斯·福特决定在第二天晚上再次拜访自己的继母。他觉得她可能会觉得遗失债券的事跟自己前一天晚上的拜访有关，所以他决定想办法打消继母的这种想法。

"艾斯塔布鲁克太太在家吗？"他问仆人。

"是的，先生。"

管家出现的时候，威立斯仔细观察了她的表情。她看起来非常平静，显然，她还没有发现自己的债券被偷了。

"我敢说您没想到我会这么快又来看您吧！"他说道。

"什么时候见到你都让我很高兴，威立斯。"她说，"来

吧！到楼上来。"

"您的房间多舒服啊，妈妈！"

"是的，很舒服。你的病又犯了吗？"她关切地问道。

"没有，我感觉好极了。对了，妈妈，我这次来有个特殊的目的。"

"什么，威立斯？"

"我想跟您谈谈您那些债券的事。如果您愿意把它们卖掉，然后投资到伊利铁路的话，我可以保证您会在6个月内赚到几年的利息。"

"可能吧，威立斯，可是我还是不敢冒这个险。那些债券可是我全部的财产啊！"

听到这话，威立斯的良心稍微感到有些刺痛。不过他并没有表现出来。

"您的债券什么时候到期，妈妈？"他问道。

"我不知道。这有什么影响吗？"

"是的。那些有效期最长的债券往往是最值钱的。"

"这容易。"管家一边说着，一边从椅子上站起身来，打开柜子里的抽屉。

对于威立斯·福特来说，这可是一个相当激动的时刻，因为他很清楚自己的继母将看到什么。

她把手伸向放债券的地方，什么也没找到。一丝焦虑浮上她的面孔，她急忙开始在抽屉的其他地方乱摸。

"您没找到吗，妈妈？"威立斯问道。

"真奇怪。"艾斯塔布鲁克太太自言自语地说道。

"什么奇怪？"

"我总是把债券放到抽屉的右角。"

"您找不到它们了吗？"

"我找遍了。"

"您说不定不小心把它们放到另外一个抽屉里了呢？"

"但愿如此吧！"艾斯塔布鲁克太太的脸都急白了。

"我来帮您找，妈妈。"威立斯说着，一边站起身来。她没有表示反对，因为此时她的手因为焦虑而颤抖起来。

他打开了另外一个抽屉，彻彻底底地搜了一遍，当然，还是没有找到。

艾斯塔布鲁克太太看起来快晕倒了。

"我的债券被偷了，"她说，"我完了。"

"可是是谁偷走的呢？"威立斯·福特一脸无辜地问道。

"我……不……知道。哦，威立斯！这太残忍了！"这个可怜的妇女放声大哭起来，"这可是我多年的积蓄啊，现在全都没了。我这辈子只能死在贫民院里了。"

"只要我活着，您就不会进贫民院的，妈妈，"威立斯虚假地说，"不过我们一定要找到那些债券。也许您把它们放错地方了。"

"不，不！它们被偷走了。我再也找不到它们了。"

"可是谁偷了呢？哈！我有个办法。"

"什么办法？"管家有些发晕了。

"那个孩子——萨顿·格兰特——他住在这里，不是吗？"

"是的，"艾斯塔布鲁克太太激动地说，"你觉得是他偷的吗？"

"我多傻啊！那时候我就应该想到了……"

"什么时候？"

"就在他今天让我帮他卖债券的时候。"

"真的！"艾斯塔布鲁克太太叫道，"什么债券？"

"一张500美元，还有一张是100美元。"

"我有一张500美元的和五张100美元的债券。它们是我的——那个小混蛋！"

"恐怕是的，妈妈。"

"你应该扣留下来，威立斯。哦！你为什么没那么做啊？那孩子在哪儿呢？我要立刻去见雷诺德先生。"

"等一下，我要把我所知道的都告诉您。那孩子说债券是一个朋友给他的。"

"他骗人。"

"您知道那些债券的号码吗，妈妈？"

"是的，我记下来了，就放在某个地方。"

"好的！我也记下了那孩子给我的债券的号码。"艾斯塔布鲁克太太找到了自己的记事本。她把上面的号码跟威立斯·福特带来的号码做了比较，完全一样。

"这看起来很清楚了，妈妈。那个小混蛋偷了您的债券，然后又把它们卖了。他可真够大胆的，居然把债券拿到我们的办公室。他现在在家吗？"

"我去看看。"

"要是您能找到雷诺德先生，就把他一起带到这里来。"

管家兴奋极了，几乎不知道自己在做什么，只见她走下了楼，在同一个房间里同时找到了她要找到两个人。她立刻断断续续地说出了全部的经过，一口咬定萨顿是个小偷。

当萨顿好不容易理解了自己遭受的指控的时候，他气得话都说不出来了。

"您是说我偷了您的债券？"他问道。

"是的，这可真是既卑鄙又残忍。"

"我同意您的观点，艾斯塔布鲁克太太。这确实既卑鄙又残

忍，可是我跟这件事毫无关系。"

"你居然敢这么说，是你把债券拿到我的儿子威立斯那里卖的吧？"

"这是真的吗，萨顿？"雷诺德先生问道，"你今天在办公室里卖债券了吗？"

"是的，先生。"

经纪人的脸色变得沉重起来。

"你从哪里弄的那些债券？"他问道。

"是我一位在华尔街的朋友给我的。"

"谁？"

"他的名字叫吉姆·莫里森。"

"你怎么认识他的？他做什么生意吗？"

"我对他了解并不多，先生。"

"你把钱给他了吗？"

"没有，先生。我明天早晨在第五大道酒店见他，到时候会把钱给他。"

"为什么他不来办公室？"

"我不知道，"萨顿也觉得有些困惑，"我建议他亲自把债券送到办公室，可是他说他有急事，还说如果我帮忙，他愿意付给我1美元。"

"这听起来可真有些奇怪。"

"对不起，雷诺德先生，不过我觉得这很明显，"管家咬牙切齿地说，"那孩子打开我的抽屉，偷走我的债券。"

"不是这样的，雷诺德先生。"萨顿气愤地叫了起来。

"你怎么知道有人今天把这些债券拿到我的办公室出售的，艾斯塔布鲁克太太？"经纪人问道。

"我的儿子，威立斯·福特告诉我的。"

"你什么时候看到他的？"

"就是刚才。"

"他在房子里吗？"

"是的，先生。我把他留在我的房间里了。"

"请他帮个忙，陪你下来吧！"

管家离开了房间。萨顿和他的老板开始陷入了沉默。

威立斯·福特带着一种自己都没有感觉出来的自信走进雷诺德先生的房间。他知道自己做了什么，所以他也隐约觉得有些不安。可是既然危机已经到来，他也只能面对。

"请坐，福特先生。"雷诺德先生严肃地说，"你的继母告诉我，她丢了一些政府债券。"

"那是我在这世界上的全部财产。"管家呻吟道。

"是的，先生。我很遗憾地说，她被偷了。"

"而且听说，有部分债券今天被带到我的办公室出售？"

"是的，先生。"

"是萨顿·格兰特吗？"

"他可以自己回答，先生。他就在这里。"

"是的。"萨顿安静地说道。

"你问他债券是从哪里来的吗？"

"他自己告诉我的。他说那是一位朋友委托他的。"

"一位我认识的人。"萨顿纠正道。

"可能是吧！我觉得他好像说的是朋友。"

"你没有怀疑这可能会出问题吗？"经纪人问道。

"没有，我对这孩子充满信任。"

听到这个，萨顿觉得很惊讶。如果是这样的话，威立斯·福特对自己的感情掩饰得确实很成功。

"你怎么付给他钱的？"

"我给他开了张支票。"

"你用那张支票取钱了吗，萨顿？"雷诺德先生问道。

"是的，先生。"

"你把钱付给那位给你债券的人了吗？"

"没有，先生。我明天早晨在第五大道酒店跟他会面。"

当他听到这里的时候，威立斯·福特的五官都变形了。他以为吉姆·莫里森已经拿到钱，并带着钱安全地离开了。很明显，萨顿是不会把钱给他了，他自己的债也就无法还清了。一想到这里，威立斯·福特一时不知道该说什么才好了。

"你对这人了解多少，萨顿？"

"很少，先生。"

"他给你的印象怎样，是一个诚实、直爽的人吗？"

萨顿摇了摇头。"一点也不。"他说道。

"可是你还是帮了他的忙？"

"是的，先生，可是我也不想这么做。他给了我1美元，而且我也不知道会出问题，所以就同意了。"

"而且……"说到这里，萨顿突然停顿了一下。

"怎么？"

"您不怪我接着说下去吗，雷诺德先生？"

"一点也不，"经纪人坚定地回答，"而且我希望你能把自己脑子里想的东西都说出来。"

"我曾经看见过福特先生跟那个人在一起，所以我觉得应该不会有什么问题。"

威立斯·福特的脸红了起来，看起来有些不安了。

"真的是这样吗，福特先生？"经纪人问道，"你认识那个

No

人吗？"

"你能不能告诉我，那个人叫什么名字，萨顿？"威立斯·福特问道。

"吉姆·莫里森。"

"是的，我认识。他是萨顿的一位好朋友引见给我的。"

说完，威立斯·福特得意地微笑起来。他感觉自己已经把我们的男主角逼进了死角。

"是这样吗，萨顿？"

"我想是的，"萨顿冷静地回答，"你是说汤姆·卡戴尔吧，福特先生？"

"我想他就是叫这个名字。"

"他不是我的好朋友，不过我们确实是从同一个村子里来的。我第一次见到您的时候就是跟他在一起，雷诺德先生。"

经纪人突然一副恍然大悟的样子。

"我记得他。可是你是怎么认识汤姆·卡戴尔的呢，福特先生？"

"他跟我住在同一间房子。他跟我说他是萨顿的朋友。"

"你对他了解吗？比如说他的职业？"

"不知道，"威立斯·福特回答，"我跟他也不熟。"

"看起来有点怪，"经纪人说，"这个吉姆·莫里森给了萨顿一笔债券，数目跟管家遗失的数目完全相同。他是怎么弄到这笔债券的呢？这是个问题。"

"没什么好怀疑的，"艾斯塔布鲁克太太说，"是你让住进家里来的那个孩子偷了债券。"

"您完全错了，艾斯塔布鲁克太太。"萨顿不平地说道。

"你当然会这么说！"管家反驳道，"但是现在事实就是如此。你偷走债券，然后把它们给了那个人——如果真的有此人的话。"

"你儿子说的确有这个人，艾斯塔布鲁克太太。"经纪人平静地说。

"哦，我不想解释事情的经过。那家伙很可能是个贼，这孩子是他的同伙。"

"你能不要这么轻易下结论吗，艾斯塔布鲁克太太？"雷诺德先生说，"我们会找出到底是谁偷了债券的。而你的损失最终也会得到部分补偿，因为是萨顿帮助那个贼卖掉了大部分债券。"

"我可以把钱交给您，雷诺德先生。"萨顿说。

"可是，那是我的钱啊！"管家说。

"毫无疑问，"她老板说，"不过在把这件事情弄清楚之前，我一定要先扣留这笔钱。"

"怎么弄清楚呢？"管家不满地问道。

"我不想就这样糊里糊涂地了结这件事情。不过我可以告诉你我的计划。你说这些债券你都记下了号码，而号码就跟福特先生今天在办公室里买的那些债券号码一样？"

"是的，先生。"

"你已经跟你的儿子花时间核对了号码，所以你可能知道他的号码。"

艾斯塔布鲁克太太的脸色变得铁青。

"我没想到会有人怀疑我，雷诺德先生，更何况那个人是您。"她说道，声音开始因为激动而变得颤抖起来。

"我想你最清楚这件事情，先生。"

"我想是的，而且我相信萨顿不会去偷你的债券。可是你却毫不犹豫地认定是他偷了你的债券。"

"那不一样，先生。"

"对不起，我看不出这两件事到底有什么差别。除非被证明有罪，否则这孩子也同样有权利被认为是清白的。"

"您必须承认，先生，"威立斯·福特说，"至少看起来很可能是萨顿偷了这些债券。"

"我现在还不能认定。因为事情看起来非常复杂。或许，福特先生，你可以帮我们解开这个谜底。"

"我不觉得这有什么神秘的，先生，我母亲把债券放在楼上的抽屉里。这孩子可以在屋子里到处走动。他完全可以走进我母亲的房间，打开抽屉，取走任何有价值的东西。"

"那为什么别人就不这么做呢，福特先生？比如说我？"

"那不一样，雷诺德先生。"

"哦，我不知道有什么不一样。我是诚实的，而且我相信萨顿也是诚实的。"

"谢谢您，先生。"萨顿感激地说。

"我想，"威立斯·福特说，"我们可以问问我母亲她是否把钥匙弄丢了，或者是把钥匙放错了地方。"

"是个好主意，福特先生。"然后雷诺德先生开始把头转向管家，等候她的回应。

"不，"艾斯塔布鲁克太太回答，"我总是把钥匙放在口袋里，现在还在这里呢！"

说着，她从口袋里拿出了一个系着四把钥匙的钥匙环。

"那么，"威立斯·福特继续说，"要是萨顿碰巧有一把能够打开抽屉的钥匙，就说明很可能是他偷了债券。"

"把你的钥匙给我，萨顿。"经纪人说。

萨顿把手伸进口袋，拿出两把钥匙。他看着这两把钥匙，不禁大吃一惊。

"其中有一把是我箱子上的，"他说，"另外一把我也没见过，我不知道自己还有这么一把钥匙。"

威立斯·福特不怀好意地笑了笑。"让我们看看这把钥匙是否能够打开抽屉吧！"他说道。

大家一起来到了管家的房间，把钥匙插进抽屉的锁孔，一下子打开了抽屉。

"我想不需要再说什么了。"威立斯·福特得意地说道。

萨顿看起来既惊讶又沮丧。

第 **8** 章

敌人获胜

不用多说，当萨顿在自己的口袋里发现一把能够打开管家抽屉的钥匙的时候，他感觉惊讶极了。他马上就明白了这个证据有多么重要，可是另一方面，他也很清楚自己确实是无辜的。最让他感到痛苦的想法就是，雷诺德先生会觉得他是有罪的。

事实上，经纪人也开始觉得萨顿可能没有经得住诱惑。

"你能解释一下钥匙是怎么回事吗？"他问道。

"不能，先生。"萨顿既尴尬又痛苦地回答，"我一直都只用一把钥匙，就是那把箱子上的钥匙。"

"我想你也有机会用另外一把吧！"威立斯·福特冷笑道。

"福特先生，"萨顿愤愤地反驳道，"看来你是决心认定我有罪了。可是我并不在乎你怎么想。要是雷诺德先生也认为我会如此卑鄙的话，那我才会感到难过呢！"

"看来非常清楚了。"威立斯·福特讽刺地说，"我想雷诺德先生也会同意我的观点。"

"你只能代表你自己的观点，福特先生。"经纪人平静地说。

"我希望您不要再继续包庇这个小贼，雷诺德先生。"管家说，"他的罪过已经很清楚了，应该找人把他抓起来。"

"你太着急了，艾斯塔布鲁克太太，"雷诺德先生说，"我想请你在指控我的时候一定要小心。"

"指控您？"经纪人的口气让管家大吃一惊。

"是的，"经纪人冷冷地回答，"你影射说我试图包庇嫌疑犯。可是我只是觉得我们目前还需要证明他确实有罪。"

"我觉得，先生，"威立斯·福特说，"证据已经相当明显了。我们已经证明那孩子确实拿到了债券，他承认自己把其中的一部分给卖掉了，而且他也拿到了钱，我们还在他的口袋里发现了能够打开放债券的抽屉的钥匙。"

"是谁把钥匙放到我口袋里的呢？"萨顿赶忙问道。

一时之间，威立斯·福特看起来有些迷糊了，这并没有逃过萨顿或经纪人的眼睛。

"毫无疑问，是你自己放进去的。"停顿一下之后，他尖锐地回答。

"这件事情需要调查。"经纪人说。

"我想您应该把钱还给我了。"管家说。

"你能证明这债券是你的吗？"经纪人问道。

"我能，"威立斯·福特无礼地说，"我看见了。"

"你最好拿出些其他证据，"雷诺德先生说，"你跟艾斯塔布鲁克太太有亲戚关系，所以你可能在这件事情当中有利益关系。"

"我能有什么证据呢？"管家问道。

"你有那位帮你买这些债券的经纪人的记录吗？"

"我不知道，先生。"

"那你最好找找看。"

于是管家开始查找抽屉，最后从里面找出一份能够证明她在华尔街一家著名公司那里买了这些债券的备忘录。

"到目前为止，一切都很好！"经纪人说，"好像除了被卖

掉的债券之外，你还有四张100美元的债券？”

“是的，先生。”

“你没把它们分开吗？”

“没有，先生。”

“它们迟早会被拿到市场公开出售的，那时候我们就可以解开这个谜了。”

“可能是那个孩子偷走了。”管家一边点着头表示强调，一边说道。

“您可以搜查我的房间，艾斯塔布鲁克太太。”萨顿平静地说。

“他可能已经把债券交给那个吉姆·莫里森了。”管家说。

“我想不会。”威立斯·福特突然意识到自己可能会被吉姆·莫里森招供出来。

雷诺德先生注意到威立斯的变化，若有所思地看了他一眼。

“艾斯塔布鲁克太太，”他说，“我很高兴这些债券是你的，你放心，我保证你的损失会得到补偿。你不用再担心这件事情了。我会想办法对此进行调查，现在看来这件事还有些奇怪。无论是否能够把这件事弄清楚对你已经不重要了，因为你丢的钱已经找回来了。”

“谢谢您，先生。”管家感觉松了一口气；“虽然不是个大数目，可是这笔钱是我的全部财产啊！等我老了，不能继续工作的时候，我就全靠它来养老了。"

"我很高兴你能为自己的将来做好打算。"

"你不会让那孩子逃跑吧？"管家忍不住问道。

"如果你是指萨顿·格兰特的话，我想他根本没有打算离开我们。"

"他还要继续留在家里吗？"

"当然，而且我希望他能帮我一起查明这件事情的真相。请答应我，艾斯塔布鲁克太太，不要再用那么冒犯人的字眼称呼他了，否则我可就无法保证帮你找回损失了。萨顿，要是你愿意跟我来的话，我有些问题想问你一下。"

萨顿和他的老板一起离开了房间。

"虽然他知道那孩子有罪，可是他还是不会让他受到惩罚的。"艾斯塔布鲁克太太恨恨地说道。

"他在对待那个孩子这件事情上就像个傻瓜。"威立斯·福特不动声色地说道。

"他是一个阴险的小流浪汉，"管家说，"我知道是他偷了债券。"

"当然是他。"威立斯·福特表示同意，虽然他很清楚地知道萨顿是无辜的。

"不管怎么说，"他接着说，"你都会没事的，妈妈，因为雷诺德先生已经答应要补偿您的损失了。等您拿到钱之后，一定要听我的建议进行投资。千万不要再去买债券了，它们很可能会再被偷走。"

"或许我应该把它存进银行。"继母说。

"存进银行的利息很低。我可以帮您进行投资，可以帮您赚更多钱。不过还是等您拿到了钱再说吧！好了，妈妈，我想我应该走了。"

"不能多待一会儿吗，威立斯？我觉得很不安，我不想一个人待在这里。我不知道那孩子还会做些什么。"

"我想您很安全，"威立斯·福特不禁暗自觉得好笑。可是当他离开这栋房子的时候，他内心深处又感到不安起来。当吉姆·莫里森发现自己拿不到钱的时候，他很可能会生气，会怪威立斯·福特，那样自己欠的钱还是没能还清。要是吉姆·莫里森把债券的事情抖出来的话，萨顿就会变得清白，他就会被判犯有盗窃罪。

就在威立斯·福特离开雷诺德先生家的时候，一个发电报的孩子正走上台阶。就是我们前面提到过的约翰·卡瓦纳。

看到威立斯·福特，约翰·卡瓦纳自言自语地说着："我在哪里见过这个家伙？我认识他的样子。"

然后他突然想到，自己曾经在中央酒店见过威立斯·福特，当时他正把债券交给吉姆·莫里森。

"真奇怪，居然在这里看见他。"电报男孩自言自语道，"不知道他跑到这里做什么？"

有人把约翰·卡瓦纳带到雷诺德先生那里，他交给了雷诺德先生一封信。正要离开的时候，他在大厅里遇见了萨顿。这两个孩子彼此相互认识。萨顿曾经给过约翰2美元帮他支付母亲的房租。

"你住在这里吗？"电报男孩问道。

"是的。"萨顿回答。

"我见过刚才出去的那个家伙。他是谁？"

"威立斯·福特，雷诺德先生公司的职员。"

"我昨天在中央酒店看到过他，当时他正把一些债券交给一个看起来很可疑的家伙。"

"真的？"萨顿叫道，"赶快上来，把这件事告诉雷诺德先生。"然后他一把抓住了吃惊的电报男孩。

当萨顿带着电报男孩出现的时候，雷诺德先生看起来大吃一惊。

"这孩子有些事情想告诉您，是关于福特先生的。"萨顿

说，由于过于吃惊，他几乎快要喘不过气来了。

"关于福特先生？"雷诺德先生重复道，"你知道关于威立斯·福特的什么事情？"

"我并不知道他的名字，"约翰回答，"就是那个刚从这里出去的人。"

"他是福特先生。"萨顿解释道。

"告诉我你知道他的什么事情。"经纪人鼓励道。

"我在中央酒店看见过他，他把一些债券交给一个看起来穿得很花哨的家伙。旁边还有一个男孩，一个大男孩。"

"那孩子跟谁一起的？福特先生吗？"

"不，跟另外一个家伙一起的。"

"我知道他说的是谁，先生。"萨顿说，"那个人叫汤姆·卡戴尔。"

"那个男的是……"

"是吉姆·莫里森，就是让我帮他卖债券的那个人。"

"这件事好像很重要，"雷诺德先生说，"我不相信福特先生会做出这种混账事情来。"

"他跟我一样有机会偷走债券，先生。他昨天晚上也曾经来过这里。"

"是吗？"经纪人立刻问道，"我不知道这件事情。"

"他至少在这里待了一个小时。我看见他进来又出去。"雷诺德先生又问了电报男孩几个问题，然后请他安静。

"孩子，"他说，"明晚7点半到这里来。我想见你。"

"好的，先生，要是我有时间的话，我一定来。不过我可能要值班。"

"告诉公司说我有任务交给你。我会为你的时间付钱。"

"那就没问题了，先生。"

"哦，对了，给你1美元。"

约翰的眼睛亮了起来，对他来说，这笔钱可不是小数目。他转身走了，几乎忘记自己本来是要来做什么的——不过幸运的是，他及时想起来了。

约翰走了之后，雷诺德先生说："萨顿，我需要提醒你，这件事千万不要泄露一个字。我开始怀疑这是一起针对你的阴谋了。不过我不确定是只有威立斯·福特一个人，还是有其他同伙。我的管家看起来并不喜欢你。"

"是的，先生。我很遗憾，她确实不喜欢我。不过我觉得她并没有参与这件事情。我想她确实认为我偷了她的债券。"

"我相信你，你不会做那种事情的。从你身上发现钥匙的时候，我也感到非常震惊。我想你也不知道那钥匙是怎么跑到你口袋里的？"

"是的，先生，我也搞不清楚。我怀疑是福特先生放进去的，可是我不知道他是怎么放进去的。"

"好吧！我们慢慢就会把事情搞清楚的。你像平时一样上班，今天晚上的事情一个字也不要说出去。"

"谢谢您，先生。"

接下来，我们必须说说威立斯·福特了。离开雷诺德先生家里的时候，他脑子里一片混乱。他觉得自己非常有必要去见一下吉姆·莫里森，跟他把事情商量清楚。他们该怎样安排这件事情，或者他怎么才能让他接受暂时拿不到那笔卖了债券之后应该还给他的钱的事实，关于这些事情，他脑子里一点头绪也没有。

说不定他会同意暂时先拿走另外四张债券。要是这样的话，威立斯·福特本人从这宗窃案当中就捞不到一点好处了。不过看来他好像并没有其他选择。他让自己掉进了一个圈套，他必须尽量从里面逃出来。

虽然不知道该去哪里找吉姆·莫里森，不过他觉得对方很可能会在白象台球室，这是百老汇的一家大型豪华台球室，就在第三十大道附近。那附近有几家赌场，他觉得自己很可能会在那里找到吉姆·莫里森。

他猜得没错。一走进台球室，他就看到吉姆·莫里森正在门口的第一张桌子上跟汤姆·卡戴尔玩台球。

"我有事跟你说，吉姆·莫里森。"他压低声音说，"结束了吗？"

"我还有6点。我想等游戏结束再说。"

他估计得没错。两分钟之后，游戏结束，两个人一起走出了沙龙，旁边跟着汤姆。

"什么事？"他问道。

"我们走到路边说吧！"

他们拐到第三十大道，这里的灯光远不像百老汇那么炫目，然后他们开始沿着大街闲逛起来。"你买了那孩子的债券吗？"吉姆·莫里森焦急地问道。

"是的。"

"那就好。把钱带来了吗？"

"我怎么带？"威立斯·福特不耐烦地说，"我把钱给他了，我不可能自己留在身上。"

"哦，这没问题。他明天早晨会来见我，把钱给我的。"

"我恐怕你会失望的。"

"失望。"吉姆·莫里森赶紧重复道。

"你什么意思？那孩子没有拿到钱，是吗？要是他……"

"不，事情不是你想象的那样。"

"那他为什么不给我钱呢？"

"那些债券有些麻烦。有人说它们是偷来的。"

"怎么回事？是你给我的啊！"吉姆·莫里森怀疑地说道。场面顿时有些尴尬。不过威立斯·福特还是把故事说完。

"是一个欠我钱的人给我这些债券的。"他说，"我怎么知道它们是否是偷来的呢？"

"那么，那些债券真的是偷来的吗？"

"我想是的，事实上，我知道它们是偷来的。"

"你怎么知道的？"

"哦，事实上，它们是从我继母那里偷来的。"

吉姆·莫里森吹了声口哨。

"哦！"他说道。

"当然，你一定不能说是我给你那些债券的。那样我会有麻烦的。"

"你想让我来承担损失吗？别人会怀疑是我偷了债券，不是吗？这倒真是一个很冷静的计划，不过我不会同意的。我会澄清自己，我会告诉别人我的那些债券是哪里来的。"

"这正是我想让你做的事情。"

"真的！"赌徒惊讶地叫道。

"是的。你就说债券是那孩子给你的。"

"我为什么要那么说？"

"因为有人怀疑是他偷了那些债券。"

"可是我把债券交给他卖掉的啊！"

"千万别承认。他空口无凭。"

"你到底要做什么啊？无论如何，我不想牵涉进去。"

"我都安排好了。你就说那孩子欠了你一笔赌债，答应明天早晨见面的时候还给你。至于那些债券，你就说你什么都不知道，只知道那孩子告诉你他会卖掉其中一些，这样就可以还你钱了。"

"我有什么好处？"

"什么好处？这样就不会有人怀疑你了。"

"这不够。我没有偷债券，你知道。我觉得是你偷了那些债券。"

"嘘！"威立斯·福特一边着急地向四周打量，一边说道。

"威立斯·福特，我不要你还钱了，我想还是报警算了。"

"跟我到我房间里，我今天晚上就可以给你400美元。"

"是现金吗？"

"不，是债券。"

"还是债券？不，谢谢你，我想要现金。"

"那就多给我点时间，我会处理这些债券的——等这阵风头过去之后。"

最后，吉姆·莫里森拉着脸表示同意，然后跟这个同谋就分手了。

"要是他敢耍我的话，"跟威立斯·福特分开之后，吉姆·莫里森说，"我会让他下次学聪明点的。"

"我想不会有问题的。"汤姆说道。他不像吉姆·莫里森那么有经验，所以也不像他那么有疑心。

"可能是吧！不过我还是怀疑。我不相信威立斯·福特。"

"你明天早晨要去第五大道酒店见萨顿吗？"

"当然要去。我想听听那孩子有什么要说的。说不定这是他和威立斯·福特之间的一个阴谋呢！"

萨顿也向雷诺德先生提出了一个同样的问题。

"我明天早晨要去第五大道酒店见吉姆·莫里森和汤姆·卡戴尔吗？"

经纪人停顿了一下，好像在考虑什么问题。"是的，"他停顿了一下之后说，"你要去。"

"那么如果他向我要钱的时候，我该说什么呢？"

于是雷诺德先生就详细地告诉萨顿如果对方要钱的时候他该怎么办。

第二天早晨大约8点15分的时候，一个看起来安静，有些像一位受人尊敬的书店老板的人走进了第五大道酒店，只见他穿过走廊，一边走着，一边带着一副漠不关心的表情左右张望。最后，他来到了阅览室门口，推开门走了进去。当他看到房间一端有两个人坐在两个相邻的位子上的时候，他的脸色不禁一亮。那两个人就是吉姆·莫里森和汤姆·卡戴尔。

刚刚进来的这位拿了一份《波士顿日报》，并似乎不经意间坐到了距离那两个人不到6英尺的地方，这样他就可以毫不费力地听到那两个人的谈话了。

"萨顿快到了。"汤姆停顿了一下，然后说道。

"是的，"吉姆·莫里森嘟囔道，"不过既然他不能给我钱，我也没有那么着急。"

"你会对他说什么？"

"我也不知道。我想知道威立斯·福特跟我说的那些关于债券的事情是不是真的。我觉得是他偷了那些债券。"

5分钟过后，萨顿走进了阅览室。他向屋子里浏览一眼，不仅看到了那两个自己要见的人，还看到了那个安安静静的小个子男人，显然他正在全神贯注地看那份报纸。他立刻走向那两个人。

"我想我没迟到吧！"他说道。

"是的，"吉姆·莫里森说，"你带钱来了吗？"

"没有。"

127

"为什么没有？"吉姆·莫里森皱着眉头问道。

"你交给我去卖的债券有些问题。"

"有什么问题吗？它们不是假的吧？"

"它们是真的，但是……"

"但是什么？"

"一位女士说那些债券是她的——她说是别人从她那里偷走的。当然你可以解释为什么那些债券会到你手上，对吧？"

"是一个欠我钱的家伙给我的。要是他敢对我耍花样，他的日子会更难过。你把那些债券卖掉了吗？"

"是的。"

"那把钱给我吧！"

"雷诺德先生不让我把钱给你。"

"难道他以为是我偷了那些债券吗？"吉姆·莫里森急忙问道。

"不，他没有，"萨顿骄傲地回答，"可是他想见你一面，问你一些问题，这样他就可以找出是谁偷了那些债券。那些债券是他管家艾斯塔布鲁克太太的，她是我们办公室里一位年轻职员威立斯·福特先生的继母。"

汤姆·卡戴尔和吉姆·莫里森相互交换了一下眼神。萨顿说的跟威立斯·福特早先说的完全一样，这让他更加相信自己的判断了。

"他想什么时候见我？"吉姆·莫里森问道。

"你能在今天晚上8点钟的时候去他家里吗？"

"他住哪里？"萨顿说出了街道名称和房子的号码。

"我会去的。"他简洁地说道。

"我能一起来吗？"汤姆问萨顿。

"我想不会有人反对的。"

"告诉他，我们会按时到那里的。"

然后三个人一起离开了酒店，萨顿在门口坐车前往百老汇。那个看起来很安静的人好像也对波士顿报纸失去了兴趣，只见他把报纸放回原来的地方，然后悠闲地走出了酒店，并没有引起吉姆·莫里森或汤姆·卡戴尔的注意。

当萨顿走进办公室的时候，他像平常一样问威立斯·福特自己是否要去邮局一趟，只见那个年轻人惊讶地看着他。

"你还在这里工作吗？"他说道。

"是的，我想是的。"

"在做了那样的事情之后？"

"我做了什么，福特先生？"萨顿一边冷静地看着这个年轻人，一边问道。

"我想这不需要我来告诉你，"他冷笑着说，"我觉得雷诺

德先生这样做很不明智，他居然雇用一个被认定为不诚实的孩子。"

"你认定是我做的吗，福特先生？"我们的男主角冷静地问道。

"有很多对你不利的证据。我妈妈应该叫人把你抓起来。"

"偷债券的那个家伙会被抓起来的。"

"你什么意思？"威立斯·福特脸突然红了起来，他看起来有些焦躁不安。

"我是说我跟这件事没关系。我可以去邮局了吗？"

"是的，"威立斯·福特说，"注意别偷那些邮件。"

萨顿并没有回答。他知道真相一定会被弄清楚的，而且他愿意等一段时间。

如果威立斯·福特真的很明智的话，他应该马上放弃这件事情，可是他太恨萨顿了，所以他很难隐藏自己的感情。

经纪人进了办公室之后，问道："萨顿去哪里了？"

"他去邮局了。"然后威立斯·福特又禁不住地说，"您真的要把那孩子继续留在办公室吗，雷诺德先生？"

"为什么不呢？"经纪人回答。

"我觉得担任他这种职位的人必须诚实。"

"我同意，福特先生。"经纪人平静地说道。

"在他偷了我母亲的债券之后，我很难说萨顿·格兰特是个诚实的人。"

"你好像很确定是萨顿偷了那些债券。"

"从他身上找到了钥匙，所以我才这么确定的。"

"萨顿说他根本不知道那钥匙从哪里来的。"

威立斯·福特轻蔑地笑了起来。

"他当然会那么说。"他回答。

"我想我们应该继续认真调查这件事情，"经纪人说，"你方便今天晚上到我家里来一趟吗？或许我们到那时可以有所发现。"

"好的，先生，我很高兴去您那里。我对那孩子没什么偏见，只是我觉得对于您这样的公司来说，继续雇用他可能会有些不安全。"

"我同意，福特先生。一个能够从私人住宅里偷走债券的家伙，显然不适合在我这样的公司工作。"

"可是您还是把那孩子留下来了，先生。"

"这只是暂时的。除非我们能够拿出证据，否则就不应该认定他是有罪的。"

"我觉得拿出证据并不难，雷诺德先生。"威立斯·福特好像很高兴听到这些话。

"我很希望能证明那孩子是无辜的。"

很快，雷诺德先生就赶往证券交易所了，威立斯·福特也开始处理自己的工作。

"有了吉姆·莫里森的证词，我这次就可以搞定你了，我的小朋友。"当萨顿从邮局回来的时候，威立斯自言自语道。

在这天剩下的时间里，没有人再提到那件事情。萨顿和威立斯·福特都期待着晚上早点到来，不过却是出于不同的原因。萨顿希望能够洗刷罪名，获得清白，而威立斯·福特则希望他能够让经纪人相信这孩子确实有罪。

第 **9** 章

正义获胜

　　威立斯·福特迈着轻快的步伐来到了经纪人家里。仆人帮他开了门，他在大厅里遇见了萨顿。

　　"您不上楼吗，福特先生？"萨顿问道。

　　"你在这房子里待不了多久时间啦，年轻人。"他想，"最好赶快享受一下吧！"

　　威立斯·福特被带进二楼的起居室，而不是管家的房间。他

发现雷诺德先生和他继母已经坐在那里了。两个人都跟他打了招呼，经纪人看起来很严肃，但是他的继母却很高兴萨顿没有跟着进来。

"我已经按照您的吩咐来了，雷诺德先生，"他说，"我想是有关于债券的事情吧！我能请问一下您有什么新发现吗？"

"我想是的。"经纪人慢慢地回答。

管家看起来非常吃惊。至少她还没听说真的有什么其他的新发现。

"我能问一下是什么吗？"威立斯·福特随口问道。

"你很快就会知道的。让我先问你一个问题吧！你听说有人计划着要帮我解开这个谜吗？"

"没有，先生，起码我没有。就我的观点来看，这件事情没有什么神秘的。"

"我想我知道你的意思了。可是我还是希望让你自己解释一下。"

"一切的迹象都让人怀疑那孩子，萨顿·格兰特。当然，并没有人看见他偷债券，可是他完全有机会这么做，因为他就住在这栋房子里。而且我们从他身上找到了钥匙，他完全可以用那把钥匙打开放债券的抽屉。第三，我可以证明，而且那孩子也承认了，是他把债券拿到我们办公室出售的，然后又拿走了卖债券的钱。我想，先生，任何陪审团都会相信这些证据已经足够了。"

"这些证据听起来确实已经足够，"经纪人严肃地说，"我觉得你总结得很好，福特先生。"

威立斯·福特看起来非常满意。他非常容易接受别人对他的吹捧，而且他还很高兴，因为在他看来，雷诺德先生已经被这些证据说服了。

"我有时很会推断，"他得意地说，"我觉得我应该去当律师。我很喜欢这个职业。"

"可是，"经纪人若有所思地说，"我们应该考虑一下萨顿的解释。他说那些债券是第三方委托他出售的。"

"他当然会那么说，"威立斯耸了耸肩膀说，"可是很少会有人相信他这一套的。"

"那么，你是说他跟莫里森先生没有任何交易了？"

"我不是这个意思，先生。"威立斯·福特突然想起他跟吉姆·莫里森商量好的故事。值得一提的是，他很想在来这里之前先见一下吉姆·莫里森，这样他才能了解一下吉姆·莫里森早上跟萨顿见面的情形。为此他还去了赌徒们经常去的那些地方，但却没看见吉姆·莫里森的影子。可是由于他前一天晚上已经跟吉姆·莫里森见了面，而且已经商量好了，所以他还是觉得非常满意。

　　"那么，你觉得是吉姆·莫里森把债券交给萨顿？"雷诺德先生说道。

　　"不，先生，我觉得不是这样的。"

　　"你有其他想法吗？"

　　"我觉得那孩子可能欠了吉姆·莫里森一笔钱，他是想通过这种方式弄些钱还他。"

　　"他怎么会欠吉姆·莫里森钱呢？"经纪人不解地问道。

　　"我不想说吉姆·莫里森的坏话，可是有人告诉我他是个赌徒。萨顿可能是在赌钱的时候输给了他。"

　　"或者是你自己欠了别人钱。"经纪人心里想着，不过他说，"你的建议值得考虑，可是我想萨顿没有机会输钱，因为他晚上通常都待在家里。"

　　"我想输钱并不需要花太多时间，先生。"

　　"这倒是！"管家第一次开口讲话，"毫无疑问，威立斯说得对，那孩子赌博。"

　　"我想，福特先生，"经纪人脸上的表情很奇怪，"你并不赞同赌博？"

　　"当然不赞同，先生。"威立斯·福特一听到经纪人的话，脸上立刻流露出一副恐怖的表情，好像一个品行良好的年轻人在听到这种有害的习惯时自然会流露出的表情那样。

"我很高兴听到这个。请原谅，我要出去一下。"

经纪人离开房间之后，艾斯塔布鲁克太太转向威立斯说："你真是聪明，威立斯。你已经查出了这个坏小子，现在我想我们可以把他赶走了。"

"我都佩服我自己，妈妈。"威立斯得意地说，"我能让老家伙重新认识他最喜欢的那个孩子。我想，我以后不会在办公室看见他了。"

就在说这些话的时候，他突然听到有人从外面上楼梯的声音。他觉得很奇怪。因为他猜想萨顿已经被叫去对质了，可是从脚步的声音判断，来的好像不止两个人。当门被打开的时候，经纪人一脸严肃地把吉姆·莫里森和汤姆·卡戴尔领了进来，两个人看起来都不大自在，后面跟着萨顿·格兰特，他看起来一脸迷惑，又感觉非常惊讶。

"我相信你认识这两位先生，"雷诺德先生严肃地说，"我想我们现在最好能够把这件事情彻底调查清楚。"

"我以前见过他们。"威立斯·福特不安地说。

"你也见过他们，萨顿，对吧？"

"是的，先生。"

"你跟他们当中的一位有生意往来吗？"

"是的，先生。莫里森先生在华尔街给了我两张债券，要我

帮他卖掉，并在第二天把钱在第五大道酒店交给他。"

"这些债券就是你卖给福特先生的那些债券吗？"

"是的，先生。"

"我想那孩子在撒谎，先生。"威立斯·福特大声说道。

"你对这孩子讲过的事情有什么可说的，莫里森先生？"经纪人问道。

"他犯了个小错误。"吉姆·莫里森回答道，此时他已经觉得比较自然了，"我并没有给他债券。"

威立斯·福特看起来好像获胜了，萨顿大吃一惊。

"那么，你们两个之间怎么可能会有业务联系呢？"

"我承认，我是个赌徒。"吉姆·莫里森坦然地回答，"那孩子跟我赌博的时候输了钱，他说他会在第五大道酒店把钱还给我。我不知道他从哪里弄来的钱，不过我想他肯定是偷了那些债券，然后才弄到钱的。"

虽然这件事情可能会给自己带来毁灭性的打击，可是萨顿还是表现出了足够的自制。他并没有脸色发白，也没有看起来像是一副认罪或良心受到谴责的样子。

"你对这件事情有什么可说的，萨顿？"经纪人问道。

"这不是真的，先生。"

"这小混蛋多嘴硬啊！"管家压低了声音说，不过人们还是能听到。

"雷诺德先生都快不相信你了。"威立斯·福特转向我们的男主角，用一种愤愤不平的声音说，"您看，先生，"他接着对经纪人说，"我的推断没错吧！"

"我还不是很满意，"雷诺德先生说，"萨顿，去把那孩子叫来。"

萨顿离开房间，并且很快带着一个穿着蓝色制服的孩子重新出现的时候，威立斯·福特和他的朋友们都摸不着头脑了。没有人认识这孩子。

"你见过这里面的人吗，孩子？"经纪人问道。

"我都见过，先生。"孩子回答。

"说说你最后一次是在哪里见到他们的。"

"我见到了他，他，还有他，"约翰指着威立斯·福特、吉姆·莫里森，还有汤姆·卡戴尔说，"昨天早晨在中央酒店看到的。"

威立斯·福特的脸色开始变白了。

"他们在做什么？"

"他，"孩子指着威立斯·福特说，"给了他一些债券，"他又指着吉姆·莫里森说，"然后又拿回一些纸。我不知道纸上写的是什么。"

"撒谎!"威立斯·福特粗鲁地叫道。

电报男孩的证据显然让威立斯·福特和他的同伙们感到非常沮丧。威立斯·福特尤其感到沮丧,因为这很可能会证明他才是那个小偷,而吉姆·莫里森和汤姆·卡戴尔即便有罪,也不会有太大的麻烦。

"他胡说!"威立斯·福特满脸通红地坚持道。

"这是真的!"电报男孩坚定地说。

"我一个字也不相信。"管家气愤地说。

"这可真是让人吃惊,福特先生。"经纪人冷冷地说。

"这是一起卑鄙的阴谋,先生。"威立斯·福特粗鲁地回答,"我觉得,先生,这样的孩子的话根本不能用来控诉我。而且,这两位先生,"他指着吉姆·莫里森和汤姆·卡戴尔说,"也可以证明我的话。"

"当然可以,"吉姆·莫里森马上接口说,"那孩子是个骗子!"

"我说的都是真话,他们知道。"约翰坚定地说。

"萨顿付给你多少钱?"威立斯·福特愤怒地问道。

"我来回答这个问题吧,福特先生。"萨顿觉得是时候为自己辩解了,"我什么也没有付给他,我也是直到昨天晚上才知道他看到你跟吉姆·莫里森先生见面的事情。"

"你的话毫无意义。"威立斯·福特轻蔑地说。

"这是雷诺德先生考虑的问题。"萨顿冷静地回答。

"福特先生，"经纪人冷冷地说，"我觉得电报男孩的话很重要，因为我必须考虑到这件事情也涉及你的利益。"

"难道因为一个电报男孩的话，我就会失去信任吗？"威立斯·福特冷冷地问道，"即便他是值得信任的，可是我的两位朋友也是支持我的，我们现在是三比一。"

"这么说，你承认他们是你的朋友喽？"雷诺德先生意味深长地问道。

威立斯·福特脸红了起来。承认赌徒是自己的朋友对他并没有好处，可是他知道，如果自己否认这一点的话，吉姆·莫里森一定会生气的，并很可能会说出一些对他很不利的事情。

"我认识他们的时间并不长，先生，"他有些尴尬地回答，"可是我相信他们对我的感觉非常友好。其中一位，"他不怀好意地补充道，"也是萨顿·格兰特的老朋友。"

"是的，"萨顿回答，"汤姆·卡戴尔跟我是同乡。"

汤姆显然对萨顿这一友好的声明感到高兴，从个人角度来说，他对萨顿的感觉要比对威立斯·福特的感觉更好一些，后者显然看不起他，而且不止一次地冷落过他。

"你看，"威立斯·福特狡猾地说，"萨顿·格兰特的老朋友都能证明这一点。我想我没什么可说的，只能说我不承认那个卑贱的电报男孩的话。"

"我一点也不比你卑贱。"约翰气愤地说。

"不要那么粗鲁，孩子！"威立斯·福特高傲地说。

"我说，"管家插嘴道，"这看起来好像是一起针对我继子的卑鄙阴谋。我敢肯定，雷诺德先生，您不会因为这么一个卑鄙的攻讦而让他的声誉受到影响吧！"

"福特先生，"经纪人说，"我仔细听了你说的话。我想说的是，一个电报男孩跟你一样有权利争取自己的权利。"

"即便是当有三个人都反对他的时候吗？"

"你们三个在里面都有利益。"

"那孩子也是。我想他已经跟萨顿·格兰特串通好了，而萨顿·格兰特是个嫌疑犯。"

"我不承认，福特先生。"萨顿愤愤地叫道。

"我们怀疑是你偷了我继母的债券。"

"我毫不怀疑是你偷了它们。"管家恶毒地说。

就在这个时候，门铃响了。

"对不起，我出去一下，"经纪人说，"很快就回来。"

他离开之后，剩下的人都开始不安地看着对方。威立斯·福特由于太愤怒了，所以无法保持安静。

他转向萨顿，开始向他发动攻击。

"你不会轻易得逞的，你这小混蛋，无论耍什么阴谋都没用！我的确很佩服你，居然如此狡猾，把这个孩子找来为你提供证据。可是这对你没有什么好处。雷诺德先生不是傻瓜，他会看穿你的阴谋的。"

"他会的，威立斯。"管家说，"这孩子在这里受到了那么多善待，要是不偷我的债券的话，他完全可以得到更好的待遇，可是他现在居然想把这件事情推到你头上。"

"我不想跟你争论，福特先生。"萨顿冷静地说。

"我没有偷债券，这点你跟我一样清楚，而且你知道，"他又意味深长地说，"是谁偷了这些债券。"

"我真想打烂你的脑袋，你这个没礼貌的家伙！"

"说这种话没有用。真相迟早会出现，我是清白的。"

"我不知道你是否指望雷诺德先生会庇护你，可是如果我妈妈听从我的建议，她会叫人把你抓起来的。"

"我打算这么做，"管家一边说着，一边恶毒地点着头，"即使你把债券还给我，我也不会让这件事情就这么结束了，既然你打算让人怀疑到对我一直很忠诚的儿子头上，我就会让你受到最严厉的法律制裁。"

"我想你会改变想法的，艾斯塔布鲁克太太，我也不会让小偷溜掉的。"萨顿一点也不着急。

"除非你坦白一切。即便那样，我也觉得你应该为自己的卑鄙行为受到惩罚。"

"您错了，艾斯塔布鲁克太太。我指的是那个小偷。"

"就是你自己。"

萨顿耸了耸肩膀。不过他也没有必要回应对方的攻击了，因为就在这时，门打开了，雷诺德先生又走了进来。可是这次并不是一个人。

一个个头不高，看起来很平静的男人走了进来，他穿着一件棕色的外套，紧紧跟在雷诺德先生后面。

所有的人都惊讶地看着他。这个人到底是谁，他跟这件事情有什么关系？

他们的疑虑并没有持续很长时间。

"这位是格拉姆先生。"经纪人挥了挥手说道。

这位侦探礼貌地鞠了一躬。

"格拉姆先生，请允许我问一下，"经纪人接着说，"您是否曾经见过这些人？"

"是的。"格拉姆回答，他指了指萨顿·格兰特，吉姆·莫里森和汤姆·卡戴尔。

"您什么时候看到他们的，在哪里？"

"在第五大道酒店，今天早晨。"

"他们之间做了什么？"

"他们谈论一些债券买卖的事情，那位先生，"他指的是吉姆·莫里森，"说他给了那孩子一些债券去卖。他要这孩子把钱给他，可是这孩子告诉他说那些债券有问题，说老板不让他把钱给对方。听到这里，吉姆·莫里森，我想他是叫吉姆·莫里森，说那些债券是一个欠他钱的人给他的，并威胁说，要是这个人敢要花样的话，他的下场会更糟糕。"

"这个人到底是谁，雷诺德先生？"威立斯·福特紧张地问道。

"他是这座城市里最有名的侦探之一，"经纪人安静地回答，"关于他所提供的证词，你有什么可说的？"

"这听起来跟我没什么关系。我可能确实冤枉这孩子，可是这件事情跟我并没有关系。可能是其他人偷的吧！"

"你忘了那个电报男孩的证词了吧——他说他看到你把债券给了你的朋友们。"

"那孩子在撒谎！"

"我可以证明那孩子的证词。"侦探说道。

威立斯·福特倒抽了一口冷气，像是要瘫倒在地板上。

接下来发生了什么事呢？

格拉姆先生转向经纪人，又跟他说了几句。

"你说还有400美元的债券没有找到，我断定这些债券一定还在那个偷了债券的人那里。所以我拿到了一张搜查令，进入了那位先生——我想他的名字是威立斯·福特的房间里搜查了一下。"

这可是一个出乎意料的打击。威立斯·福特什么也没说，只是紧紧盯着侦探，显然吓呆了。

"我刚刚从福特先生的房间里回来，"他接着说，"这就是我的发现。"

他从口袋里掏出了一个信封，并从信封里拿出了四张政府债券。

"艾斯塔布鲁克太太，您能检查一下这些债券，看看是不是您的吗？"

管家机械地接过债券，开始检查起来。

"是我的，"她说，"可是我还是无法相信是威立斯偷走我的债券。"

"我没有。"威立斯·福特粗鲁地叫嚷道，但他的目光却低了下来。

"那么你能解释一下它们为什么会在你房间里吗，福特先生？"经纪人冷冷地问道。

"肯定是那孩子放在那里的。我根本不知道这些债券的事情。我跟你们一样感到惊讶。"

"够了，福特先生。"经纪人冷冷地说，"显然是你偷的。偷走你继母的债券本身就是一项严重的罪行。可是你居然还要嫁祸给一个无辜的孩子，你这种做法更加可耻，而且也是我无法原谅的。你不能再在我的公司待一天了。你明天早晨到办公室来，我会发给你到月底的工资。我们之间的关系到此为止。"

威立斯·福特看起来就像是一个被审判的罪犯。一时之间，所有的强硬和勇气都离他而去了。

"这是真的吗，威立斯？"他的继母叫道，"难道真是你偷走了我的债券，让我在老年的时候过着穷日子吗？"

"不，"威立斯·福特回答，他又恢复了以往的镇定，"我就像个刚出生的孩子一样无辜，我是一起阴谋的受害者。既然雷诺德先生决定要插手庇护他喜欢的人，我也只好承认。他终有一天会承认我是无罪的。妈妈，我不相信您会觉得我是有罪的。先生们，晚安。"

当他离开房间的时候，没有一个人说话，甚至连吉姆·莫里森都没有跟他一起离开。

"莫里森先生，"他说，"我有一两个问题想问你。我想诚实地回答这些问题会对你有好处。你还坚持认为这些债券是萨顿·格兰特给你的吗？"

"我最好撇清这件事，"吉姆·莫里森说，"它们是威立斯·福特给我的。"

"为了还清赌债，是吗？"

"是的，先生。"

"我想你不知道这些债券是偷来的吧！"

"要是知道的话，我根本不会碰它们。因为很可能会有人觉得是我偷了这些债券。"

"我相信你。"

"你是位绅士。"吉姆·莫里森说道，他很满意别人能够相信他的话。

"当然，你损失了一笔欠款。坦白说，我并不同情你。靠赌博赢来的钱不是什么好东西。我希望你能意识到这一点，放弃这种不体面的职业。"

"我毫不怀疑您的建议是个好建议，先生。您还有事要问我和汤姆吗？"

"你可以走了。谢谢你到这里来。你帮我们弄清楚了这桩窃盗案。"

"他对我们够宽容了，汤姆。"两人沿着台阶往下走的时候，吉姆·莫里森说，"那个威立斯·福特是个混蛋。"

"我也这么觉得。"汤姆表示同意。

"那600美元完了，一分钱也见不到了。"吉姆·莫里森恨恨地接着说。

"请您原谅，我要回自己房间去了。"艾斯塔布鲁克太太轻松地说，"我想静静地把整件事情好好想一想。"

"当然，你去吧。"经纪人彬彬有礼地说，"到了明天早晨，我就会把你的东西还给你。"

然后，侦探和电报男孩也离开了，后者得到了一张5美元的钞票，是雷诺德先生给他的。

约翰的眼睛亮了起来。

"这会让我妈妈很高兴的，"他说，"她会觉得我真的遇到好运。"

"睁大眼睛，我的孩子，要忠于你的老板，这不会是你最后一次的好运。"

所有人都离开之后，雷诺德先生转向萨顿，向他温和地说："恭喜你，萨顿，你终于清白了。那些想陷害你的人会感到难过的，你却没有受到任何损失。因为我要让威立斯·福特离开，虽

然你还没有能力接管他的工作，可是你以后负责的事情会更多一些，当然，我也会相对地给你增加薪水。"

"雷诺德先生，我现在拿的就已经比我应得的更多了。"

"可能是吧！我现在付你多少钱？"

"每星期6美元，先生。"

"我会多付你4美元，可是我会把增加的钱先留在我这里，以你的名义保存起来。你也该为将来存点钱了。你对这种安排满意吗？"

"您真是太好了，雷诺德先生。"萨顿说，"我不知道该怎样感谢您。"

"那我告诉你——在办公室的时候好好工作，继续照顾好赫伯特。"

"我很高兴这样做，先生。"

萨顿决定先不写信告诉母亲自己涨工资的事情。他想等到自己的积蓄增加到一定数量后再告诉母亲，让她大吃一惊。按照他的估计，6个月内，他的积蓄就能达到100美元，对于一个乡村牧师的儿子来说，这可是一笔大数目。不管怎么说，等到他21岁的时候，他就会拥有1000美元了。这为萨顿打开了一个光明的未来。这可能是他父亲所有的收入了，包括他现有的财产。

"虽然伯伯反对，"萨顿想，"可是我觉得我放弃大学来工作是一件明智的事情。因为现在我可以让我的家人过得更舒服一些了。"

第二天早晨，当威立斯·福特来到办公室的时候，萨顿已经去邮局了。回来的时候，他看到威立斯·福特手里拿着一张支票，正从里面走出来。

"是你？"威立斯·福特停住冷笑道。

"是的，福特先生。"

"我想你一定为自己的胜利感到高兴吧？"

"你错了，"萨顿说，"我也不希望有什么不愉快的事情发生。"

"我不这么认为。"威立斯·福特用一种让人不愉快的腔调说道。

"不知道为什么，你好像从一开始就不喜欢我。"萨顿说，"我不知道为什么。但是我一直对你非常尊敬，对工作也非常尽心。"

"是的，你是个小天使。"

"你能告诉我你为什么不喜欢我吗？"他问道。

"可以，我告诉你。是因为我看你在努力赢得雷诺德先生的信任。你对我发动了一场阴谋，就是因为你，我现在才失去了工作。"

　　"我不觉得我引起了这件事情，福特先生。"

　　"我觉得你不用太高兴了。我通常是有仇必报，而且我不会忘记你欠我的。迟早有一天，我会跟你算清这笔账的。"

　　他一边说着，一边走开了，萨顿也回去开始工作。

　　"我不明白福特先生为什么那么恨我？"他想。

第 10 章

令人震惊的消息

    很长时间以来，威立斯·福特一直在这家公司有着一份很好的工作，离开公司的时候，他的心情非常沮丧。可是他也清楚，自己落到这步田地，完全是由自己那不明智的行为所引起的。可是他还是对那些跟他的霉运有关系的人很生气。他一直都不喜欢萨顿·格兰特。现在他开始恨他了，甚至盼望着能有机会收拾他。他恨的第二个人就是把他开除掉的雷诺德先生，虽然他也不

知道这位经纪人还能有什么别的处理办法。

几天之后，他发现自己更加不喜欢雷诺德先生了，原因是威立斯·福特给雷诺德先生写了一封信，请他写份推荐信证明自己品格良好，这样他就可以帮助自己找到一份新工作。

对于这份请求，经纪人回信如下：

我很高兴听到你改变了自己的做法，决定做一个诚实的人。可是跟我不愿意让你继续留在我的公司里的原因一样，我也不能向其他的商人推荐你。如果你让他们询问我你的情况，而我又必须说实话，我会很高兴地告诉他们我对你在这里的工作很满意。

"这个老傻瓜！"威立斯·福特一边嘟囔，一边生气地把手里的信撕了个粉碎，"这种推荐对我有什么用啊？把我赶走还不满意，他居然要让我找不到工作！"

说实话，威立斯·福特也不知道该如何找工作。他没有什么积蓄，也没有收入。无奈之下，他只好求助于自己的继母。

一天下午，等到他知道经纪人和萨顿离开家之后，威立斯·福特按响了门铃，要求见管家。

看到儿子的时候，艾斯塔布鲁克太太浑身不安起来。她不愿意相信是他偷了债券，可是她也很难不相信这个事实。

"哦，威立斯！"她几乎都要流出眼泪了，"你怎么能把我的那点积蓄都拿走呢？我简直不敢相信你会做这种事情！"

"您不会是说，妈妈，"威立斯哀怨地说，"您相信他们对我的污蔑吧？"

"我也不愿意相信，威立斯，天知道啊！可是那些债券难道不是在你的房间里发现的吗？"

"我承认，"威立斯·福特说，"可是它们怎么会在那里呢？"

"难道不是你放在那里吗？"

"当然不是，妈妈。"

"可是，那是谁呢……"他继母看起来有些迷惑了。

"除了那孩子，还能有谁？"

"萨顿·格兰特？"

"是的。"

"你有证据吗？"管家赶忙问道。

"我可以告诉你我的发现。我听说有个孩子，就在那天，跑到我的房间，说是要见我。有人告诉他我出去了，可是他要求上楼等我。因为仆人也没有怀疑，所以就让他上去了。我不知道他待了多长时间。但是毫无疑问，是他把那些债券藏在别人后来找

到它们的地方的。"

"你问清楚那孩子长什么样子了吗？像萨顿吗？"管家急忙问道。

"不幸的是，那个女孩并没有特别注意那孩子。但是我毫不怀疑，那孩子不是萨顿就是电报男孩，他好像也参与了这个阴谋。"

这个故事编得有些离谱，任何具有一般智力水准的人都不会相信。可是管家很愿意相信自己的继子无辜，而萨顿是有罪的。所以她毫不怀疑地相信了这个故事，并开始大声咒骂那个"阴险的小混蛋"。

"你应该把这件事情照实地告诉雷诺德先生，威立斯。"她说道。

"没用的，妈妈。他对我偏见太深了。你相信吗？他居然不愿意给我写封推荐信。我饿死他也不关心。"威立斯恨恨地总结道。

"可是我关心啊，威立斯。我不会抛弃你的。"艾斯塔布鲁克太太同情地说。

这正是威立斯·福特想让他继母产生的情绪。

他想要从继母那里借笔钱，当继母同意借给他两张100美元的债券之后，他又想要500美元，可是艾斯塔布鲁克太太非常小心，而且也太在乎她的积蓄了，所以怎么也不同意。

"我还有必要待在雷诺德先生这里吗？他都这样对你了，威立斯。"他继母焦虑地问道。

"一定要，妈妈。您不应该放弃一份好工作。"

"可是一看到那个孩子在做了这么多坏事之后，居然还这么受雷诺德先生的信任，我就很难过。"

"您必须掩饰好自己的感情，妈妈。对他好一些，然后找机会收拾他。别说关于我的事情，那对您没好处。但一定要跟雷诺德先生保持好关系。"

"如果你觉得这样好的话，威立斯，"他的继母松了一口气，因为她也不愿意离开这么好的家和这份不错的薪水，"我会留下来的。"

"一定要留下来。我们必须尽量利用我们的敌人，因为雷诺德先生对我实在太差劲了。现在我必须跟您说再见了。"

"你打算怎么办，威立斯？"

"我也不知道，不过我想我会去西部的。"

"我再也见不到你了！"

"您会收到我的信，我希望能告诉您一些好消息。"

威立斯·福特离开之后去了中央车站，买了一张开往芝加哥的车票。

经过前一阶段的紧张和麻烦之后，接下来是一段让人高兴的时间。萨顿发现自己在办公室的工作量开始增加，他很高兴看到自己的老板这么信任自己。威立斯走了之后，他跟办公室里其他人的关系也都相处得很好，现在他每天好像都对自己的工作有了新的认识。他不知道吉姆·莫里森和汤姆·卡戴尔是否还在纽约。不管怎么说，他再也没有在华尔街附近见过他们。萨顿并不因为这两个人离开了自己的生活而感到遗憾，因为他觉得跟这两个人做朋友对自己不会有任何好处。

他仍然住在雷诺德先生家里。赫伯特看起来好像把他当成了大哥哥，而且经纪人也很高兴看到儿子脸上释放出来的新的幸福。

至于艾斯塔布鲁克太太，萨顿担心她会继续对自己充满敌意，可是他并没有任何值得抱怨的。她显然在跟他打交道的时候并没有表示出任何好感，但另一方面，她也没有表明任何要伤害他的意思。这就是萨顿想要的。他觉得自己无论如何也不可能跟管家成为朋友。所以只要她不找自己麻烦，萨顿就已经很满意了。

6个月过后，萨顿告诉老板说自己想回家待一两天。他母亲的生日就快到了，他已经给母亲买了一件礼物。

雷诺德先生欣然同意，萨顿在家愉快地度过了四天。他父母很高兴他能够得到老板的赏识，并且开始觉得萨顿的选择是明智的。

回到城里之后，萨顿立刻回到了办公室。他发现大家都很激动。

"发生什么事情了？"他赶紧问道。

"赫伯特·雷诺德失踪了，他父亲简直伤心欲绝！"

过了一会儿，萨顿了解到赫伯特失踪的一些细节。他大约下午3点的时候出去玩，通常他都会等萨顿回来，因为当萨顿不在的时候，他就找不到伙伴。他父亲回到家里之后，问管家："赫伯特在哪儿呢？"

"他出去玩了。"艾斯塔布鲁克太太随口说道。

"在街上吗？"

"我想是的。"

"他这时候应该回来了啊！"

"可能是跟其他伙伴一起玩了吧！他没有手表，所以不知道已经很晚了。"

这让雷诺德先生听起来觉得有些道理。

"是的。"他说，"没了萨顿，赫伯特好像不知道该做些什么。他会很高兴看到他回来的。"

艾斯塔布鲁克太太没有回答。她知道，说萨顿的坏话对自己并没有好处，可是她也不愿意表扬他。她平时根本很少提他。

晚饭铃声响起了，赫伯特还是没回来。他父亲开始感觉有些着急了。

"真奇怪，赫伯特居然在外面待这么长时间。"他说道。

"不奇怪，他也可能是去中央公园玩了吧。"管家平静地回答。

"你不觉得有些不对吗？"经纪人着急地问道。

"怎么会呢，先生？"艾斯塔布鲁克太太回答。

她的回答并没有让雷诺德先生冷静下来，他吩咐晚饭时间延迟半个小时。

一个小时，两个小时过去了，赫伯特还是没有出现，父亲的焦虑开始变得无法克制了。他只喝了几勺汤，发现自己根本吃不下东西。而管家却恰恰相反，她好像跟这件事情没有任何关系，胃口还是像平时一样好。

"我真的很担心，艾斯塔布鲁克太太。"经纪人说，"我想戴上帽子，去看看能否得到一些资讯。要是我出去的时候赫伯特回来的话，让他吃晚饭，如果他累了的话，让他上床睡觉，但要弄清楚他为什么这么晚才回来。"

"好的，先生。"

雷诺德先生刚一离开家，管家脸上现出了一副幸灾乐祸的表情。"这就是报应啊！"她低声说，"他因为别人的过错而赶走了我的继子。现在该轮到他的心流血了。"

就在距离门口不远的地方，经纪人遇到了一位比赫伯特大两岁的孩子，有时候赫伯特会跟他一起玩。

"哈维，"他说，"你今天下午看见赫伯特了吗？"

"是的，先生。我大约3点钟的时候看到过他。"

"在哪里？"经纪人焦虑地问道。

"就在街区拐角。"哈维·莫里森回答。

"他一个人吗？"

"不，还有另外一个年轻人跟他在一起——我想他大概有20岁。"

"一个年轻人！你以前见过那个人吗？"

"没有，先生。"

"他长什么样子？"

哈维尽量描绘了赫伯特这个同伴的样子，可是这位焦急的父亲根本不能辨认出他描述的这个人是谁。

"你跟赫伯特说话了吗？你问他要去哪儿了吗？"

"是的，先生。他告诉我，您让他出来散步。"

"他这么说了吗？"父亲惊讶地问道。

"是的，先生。"

"那一定出问题了，我根本没让他去散步。"焦虑的父亲说道。

雷诺德先生让哈维跟他一起到最近的警察局把他所知道的都告诉值班的警官，这样警察就可以做出记录。他问自己，那个人把这孩子拐走有什么目的呢？关于这个问题，他始终想不出答案。

一回到家，他就把自己所了解的情况告诉了管家。

"你怎么看这件事？"他问道。

"这或许只是一个笑话。"管家冷静地回答。

"上帝保佑不会再有其他事情了！可是我担心情况要比这糟糕得多。"

"我敢说这只是孩子在闹着玩呢，雷诺德先生。"

"可是你忘了——跟他在一起的是一个年轻人。"

"那我也不知道该怎么看这件事情了。我相信那孩子不会受到伤害的。"

那天晚上，经纪人几乎一夜没睡，可是管家早晨起床的时候却看起来容光焕发，精神十足。

"那女人难道一点感情都没有吗？"看到照料了这房子五年的这个女人一脸平静的样子，着急的父亲心想。

离开家的时候，艾斯塔布鲁克太太从篮子里拿了一封信，信上的日期是一个月以前的，信上写道：

我一直没有忘记雷诺德先生冤枉我的事情。他把我赶走，甚至不愿意帮我写封让我可以在其他地方找到工作的推荐信。我当时就发誓我会跟他算清这笔账，我一直没有改变自己的决心。我不会告诉您我打算怎么做。您最好别知道这件事。可是迟早有一天，您会听到一些让您大吃一惊的事情。等那个时刻到来的时候，如果您怀疑起什么事情，千万不要说出去。让事情自行发展吧！

信的落款是威立斯·福特。

第 11 章

西部之行

"阿博纳！"

说这话的是一个又高又壮的女人，她穿着一件宽大、褪色的印花布外套，此刻正站在一个西部小屋的门口。

"做什么？"回话的是一个个子很高，看起来不是很健康的男孩子，他这时正坐在院子里的一截木头上。

"我想让你劈一些木头烧火。"

"我累了。"男孩不情愿地说道。

"我就是要让你累！"母亲严厉地说，"你这个又高又懒，百无一用的混蛋！我5点钟就起床了，一直在为你和你那酒鬼父亲工作。他去哪儿了？"

"我想是去村子里了。"

"我觉得是去酒馆了。他一拿到钱就跑到那里花光，他从来不给我一分钱。除了一件旧羊驼呢之外，我只有这件长袍了。"

"这不是我的错，对吧？"孩子漠不关心地说道。

"你正在走他的路。你会成为又一个乔·巴顿的——又磨蹭又懒惰。你最好在我抓住你之前给我劈点木头！"

阿博纳慢慢站起身来，走到棚子里拿了一把斧头，然后又磨磨蹭蹭地开始按照母亲的吩咐工作起来。

阿博纳和他的父母住的这间小屋一点都不像个宫殿。它一共有四个房间，可是里面的家具却是最简陋的。乔·巴顿，这个家庭的名义领袖，拥有80亩土地，由于这些土地都非常肥沃，所以他的收入也不错。可是就像他的妻子描述的那样，他非常懒惰，做事磨磨蹭蹭，而且不懂得克制自己。

要是他能跟他妻子一样积极而充满活力的话，他的情况可能会完全不一样。毫无疑问，当这位可怜的妇女看到自己辛勤劳动的成果被丈夫的坏习惯抵消的时候，她会感到无法抑制的愤怒。

阿博纳跟他父亲一个样，虽然还没学会喝酒，不过他总是不求上进，只要没人逼着他去工作，他就会满足当前的生活方式。

这小屋坐落在距离火车站周围的小村子，大约一英里的地方。小镇名叫希皮奥，镇上一共有大约50户居民，几乎没有一个人知道这个名字是怎么来的。事实上，取这个名字的是一位在一家乡村学院学了一些古典文学基础知识的老师。

接下来我们要带读者到这家火车站，一天早晨，一列来自芝加哥的火车开到了火车站。两位乘客走了下来。其中一位是不到20岁的年轻人。另外一个是男孩子，明显只有大约10岁的样子。

他是一个看起来很纤弱的孩子，虽然穿着一身粗糙又不大合身的衣服，可是他的外表看起来还是一副受过良好教养又温和的感觉，好像他是在大户人家长大的一样。他看起来很伤心，又有些焦虑。

"你要去哪儿？"他一边胆怯地问道，一边畏惧地向四周张望。

"你很快就知道了。"对方生硬地回答。

"你什么时候可以带我回家，福特先生？"男孩一副恳求的腔调。

"这你不用操心。"

"爸爸会很着急的，爸爸和萨顿！"

年轻人的眉头皱了起来。

"别提那个孩子的名字！我恨他。"

"他一直对我很好。我很喜欢跟他在一起。"

"他不遗余力地伤害我。我发誓我会找他算账的，我一定会的！"

"可是我从来没伤害过你啊，福特先生！"

"你怎么可能呢？一个像你这样的小孩子？"威立斯·福特鄙夷地说。

"那你为什么要把我从家里带走，让我这么不开心呢？"

"因为这是我唯一能够打击你父亲和萨顿·格兰特的方式。当你父亲把我开除，不帮我写推荐信，不关心我是否会饿死的时候，他就把我变成了他的敌人。"

"可是他本来不会这么做的，要是你不……"

"不怎么样？"威立斯·福特冷冷地问道。

"偷艾斯塔布鲁克太太的债券。"

"你敢再说一遍，我揍你。"威立斯·福特粗鲁地说。

赫伯特抖了起来，因为他生性本来就胆小，而且很怕痛。"我并不是要冒犯你。"他说道。

"你最好别冒犯我。在这里等着，我找人问一下。那儿，坐在那个椅子上别动，直到我回来。你听懂吗？"

"是的。"这孩子顺从地回答。

威立斯·福特向站长走去，站长当时正站在门口，嘴里叼着一根廉价的雪茄。

"这附近住着一个叫乔·巴顿的人吗？"他问道。

站长从嘴里拿出雪茄，带着好奇的神情看了看提问者。

"他欠你钱吗？"他问道。

"不，"威立斯·福特不耐烦地回答，"你愿意回答我的问题吗？"

"你用不着这么着急，"站长不情愿地说，"是的，沿着这条路往前走，他就住在路边。"

"有多远？"

"大约一英里。"

"直走吗？"

"是的。"

"可以搭车吗？"

"哦，陌生人，我有辆车。那孩子是跟你一起的吗？"

"是的。"

"给半美元，我可以带你们去。"

"你能马上走吗？"

"是的。"

"好的，成交。"

站长家的房子距离火车站步行只有三分钟的距离，所以他很快就赶来了一辆马车，拉车的是一匹老马，从样子上就可以看出来它是匹老母马。

"跳上来吧，赫伯特。"威立斯·福特说道。

男孩乖乖地跳了上去，坐在了前排的座位上，就在马夫和拐带者中间。

"我想这匹马有可能会逃跑吧？"威立斯·福特微笑着看着马。

"它以前跟我一起逃跑的。"对方出人意料地回答。

"什么时候？"

"大约15年前。"马夫回答，"不过，我想它现在已经跑不动了。"

"看起来也是。"福特说。

"你认识乔·巴顿吗？"停顿了一下之后，站长问道。

"我还是孩子的时候曾经见过他一次。"

"你们有亲戚关系吗？"

"他娶了我继母的一个表妹。他这个人怎么样？"

"毫无责任感，磨磨蹭蹭，懒惰还酗酒。"

"跟我听到的一样。他的妻子怎么样？"

"她很聪明。如果他能像她一样，他们的日子会过得很舒服。她跟他和阿博纳在一起日子很难过——阿博纳是她的儿子，跟他父亲一样，只不过他还不喝酒罢了。"

威立斯·福特并不是唯一听到这些故事的人。赫伯特也注意到了站长说的每一句话，这个可怜的孩子脑子里产生了一个很不舒服的疑问，"我们为什么要去找这些人呢？"他可能很快就会知道答案，不过他有一种麻烦将至的预感。

"是的，"站长接着说，"巴顿太太的日子不好过。不过她跟乔·巴顿很匹配。"

"你这话什么意思？"

"她自己脾气也不好，而且她能把一个男人说成聋子、哑巴和瞎子。每次乔·巴顿喝完酒回家，她都会臭骂他一顿。"

"根据你告诉我的情况来看，我觉得我这些不知名的亲戚并不值得我自豪。"

"你要在这里待很长时间吗？"

"我也不知道，"威立斯·福特看了一眼那孩子，然后回答道。他可以想象当他告诉赫伯特要把他留在这里的时候会发生什么样的事情，虽然他不希望看到这样的事情发生。

"我想乔·巴顿是个农场主吧？"他说道。

"他假装自己是，问题是他的农场并不能给他带来太多收人。"

"那他们靠什么生活？"

"他妻子在村子里的裁缝店里工作。他们还有一头乳牛，她也做些黄油。至于乔·巴顿，他几乎不赚什么钱。要是他不这么懒的话，每天在外面工作也能赚到几美元。有一次我给了他一份工作，可是他到中午就不做了，说太累了，然后他想让我付给他半天工资。我知道他会怎么花钱，所以我告诉他，如果他不肯工作到日落，我就不会付给他钱。"

"他做了吗？"

"是的，做了。可是他发了很多牢骚。拿到工资之后，他就立刻跑到汤姆森沙龙，一直待到把钱花光才离开。当他妻子听到这件事情以后，她都发疯了，我想她那天晚上肯定给了乔·巴顿一顿扫帚。"

"我觉得这不是她的错。"

"我也这么觉得。好了，我们到了，那边就是乔·巴顿家的房子。你要出来吗？"

"是的。"

阿博纳当时正坐在一堆木头上，他一看到有人来就立刻跑进屋子里。

"妈妈，"他说，"有群人在我们家门口，有个男人和一个

孩子从马车上下来了，我想他们可能是到我们这里来。"

"上帝啊！他们是谁啊？"

"不知道。"

"好的，出去告诉他们，说我马上就来。"

阿博纳在房子前面迎接这些人。

"你是乔·巴顿的儿子吗？"威立斯·福特问道。

"那老家伙是这么说的。"阿博纳鬼笑着说。

"你妈妈在家吗？"

"妈妈马上就出来。你是谁？"

"你很快就知道了，孩子。"

"他是谁？是你儿子吗？"

"不。"赫伯特赶紧回答。

威立斯·福特转头皱着眉头看了看小孩子。

"等别人跟你说话的时候再开口。"他严厉地说道。

"妈妈来了。"阿博纳说。

这时他妈妈高大的身影出现在门口。

看到新来的这两个人，巴顿太太感觉有些莫名其妙。

"你想见乔吗？"她问道。

"我会很高兴见到他的，巴顿太太。"威立斯·福特回答，

"可是我主要是来见您的。"

　　"你是谁？"巴顿太太不客气地问道，"我不认识你。"

　　"可是，我们之间还是有点关系的。我是纽约的保琳·艾斯塔布鲁克的继子，她是您的表姐。"

　　"你是说保琳是你的母亲吗？"这位女士叫道，"我从来没想到会见到她的亲戚。他是你的儿子吗？"

　　"不，巴顿太太，不过现在是我管他。"

　　赫伯特刚要反驳，可是看到威立斯·福特一皱眉头，他又被吓住了。

　　"我的名字是威立斯·福特。这是山姆·格林。"

　　听到这话，赫伯特惊讶地睁大了眼睛。

　　"我的名字是……"他开始说道。

　　"闭嘴！"威立斯·福特威胁道，"不许顶嘴。"

　　"我想我是应该留你们在这里吃饭，"巴顿太太笨拙地说，"可是他太懒了，我们家里也没什么东西，我的意思是家里也没什么东西可吃的。"

　　"谢谢您，"威立斯·福特回答，"我想我可以在旅馆吃饭。可是我有点小事想跟您商量一下，巴顿太太，我想跟您私底下聊聊。如果您同意的话，我可以到屋子里去，让两个孩子一起在外面待着。"

　　"那进来吧！"巴顿太太说道，她的好奇心被勾起来了。

"过来，阿博纳，你来照顾一下这个小孩子。"

于是阿博纳就去照顾赫伯特，他觉得自己有必要先问清几个问题。

"你家住哪里啊，山姆？"他问道。

"在纽约，不过我的名字不叫山姆。"赫伯特回答。

"那叫什么？"

"赫伯特。"

"那么他为什么会叫你山姆呢？"阿博纳指了指房子的方向问道。

"我不知道，他担心我会被人找到。"阿博纳看起来有些迷糊了。

"他是你的监护人吗？"他问道。

"不，他是我父亲的职员。"

"哦！你父亲有职员吗？"

"是的，他是个有钱人，在纽约做生意。"

"那他为什么把你送到这里呢？"

"他没有。"

"那你为什么要来呢？"

"福特先生很生爸爸的气，所以就把我带走了。"

"他不会那么容易就把我带走的！"阿博纳轻蔑地说，"可是话又说回来，我也不是个小娃子了。"

"我也不是小娃子。"赫伯特还不习惯用俚语。

"哦，你不明白我的意思，你是小娃子，还不能做什么事情。要是他想把我带走的话，他就是在给自己惹麻烦。"

赫伯特还不太喜欢阿博纳的样子，但他也很怀疑有人会想要绑架他。

"他准备怎么处理你？"阿博纳接着问道。

"我不知道。不过，我想他会让我爸爸付他一大笔钱把我赎回去的。"

"哦！"阿博纳一边说着，一边用鄙视的眼光看着面前的小孩子。"我不相信他会为你付很多钱。"

泪水涌进赫伯特的眼眶，可是他忍住没让它们流下来。

"我爸爸可不这么想。"赫伯特说。

"爸爸！"阿博纳模仿赫伯特的样子说，"哦，我们多好啊！你为什么不像我这样直接叫爹呢？"

"因为那样叫不好听。爸爸不喜欢我那样叫他。"

"你从哪里弄来的这身衣服？我不喜欢它们。"

"我也不喜欢，"赫伯特回答，"这不是我的衣服。福特先生在芝加哥的时候买给我的。"

"他肯定很喜欢你，所以才给你买新衣服。"

"不，他不喜欢我。我自己的衣服要比这好多了。他把它们给卖掉了。他担心有人会认出我。"

"我想知道他到底和妈妈在谈些什么，怎么谈了那么长的时间呢？"

赫伯特也无法回答这个问题。他根本不知道这次谈话将对他产生怎样的影响。

两个人刚走进屋子，威立斯·福特就开始说道。

"巴顿太太，"他说，"我现在就告诉您——我为什么会来到这里。"

"说吧！"女士鼓励他接着说下去。

"我想请您帮我照顾我带来的这个孩子，提供他食宿。"

"天哪！我这里可不是寄宿的地方。"

"是的，可是如果我给您一定报酬，您会同意吗？"

"你要付给我多少钱？"巴顿太太狡猾地问道。

"每星期4美元。"

"他会给我带来不少麻烦的。"女士说，不过从她的语气里，威立斯·福特听得出来，她是愿意接受这个提议的。

"哦，不，他不会的。他只是个小孩子，你用手指就可以制服他了。而且阿博纳还可以陪他。他大部分时间都可以跟他在一起。"

"5美元怎么样，我们可以成交。"巴顿太太说道。

威立斯·福特犹豫了一下。他并不在乎要多花一点钱，对他来说，重要的是能给这孩子找到一个——哪怕临时的——避难所，这孩子已经让他筋疲力尽了。在他看来，按照这家人目前的生活状态，5美元足够养活他们一家人了。可是另一方面，他觉得自己出的钱最好还是能够让那负责照顾这孩子的人感到满意才好。

"好吧！"他停顿了一下，然后说，"这费用比我的预期要高，不过我想我可以接受您的条件。我想巴顿先生应该不会反对您接收一个寄宿者吧？"

"哦，没关系，"巴顿太太鄙夷地说，"这个家是我说了算。"

威立斯·福特忍住没笑出来。从巴顿太太的样子来看，他很容易看出她是这个家的首领。

"还有一件事，"巴顿太太又说，"你要把钱付给我。这样就可以确保钱不会跑到乔手里，否则他又会拿去喝酒。"

"我更愿意把钱付给您。"威立斯·福特说道。

"要是你想让那孩子有东西吃的话，你必须预付一部分。我必须到村子里去买东西，家里一分钱都没有了。"

威立斯·福特拿出钱包，从里面抽出四张5美元的钞票，他把钞票递给巴顿太太。

"这是四个星期的钱。"他说，"等时间到的时候，我会送来更多的。"

巴顿太太的眼睛立刻亮了起来，她赶忙一把把钱抓到自己手里。

"我很多年没见过这么多钱了。"她说，"我得小心别让乔拿到这些钱。不要告诉乔或阿博纳你付给我多少钱。"

"我会小心的，巴顿太太。对了，我必须提醒您，不要相信那孩子的任何故事。他是我一位朋友的儿子，我那位朋友把他交给我照顾。那孩子脑子不好，但却很有想象力。他觉得自己的名字不是山姆·格林，而且他相信自己的父亲是个有钱人。有一天，他甚至坚持说自己的父亲就是乔治·华盛顿。"

"上帝啊！"

"当然，不要理会他说的事情。他可能会想要逃跑。要是那样，您一定要把他找回来。"

"放心吧！"巴顿太太强调地说，"我不会让一个5美元的寄宿客人溜走的。"

"那就好！现在我得走了。您会经常收到我的消息。"

他穿过前门走到了院子里。

"再见！"他说道。

赫伯特正要跟他一起走，可是他示意让他回去。

"别跟着我，山姆。"他说，"我要把你留在这里，跟这位善良的女士在一起待几个星期。"

赫伯特沮丧地盯着他。他根本没想到会发生这样的事情。

第 12 章

赫伯特的新家

当赫伯特意识到他要被留在这里的时候，他急忙跑到威立斯·福特后面，求他带自己一起走。

"请您别把我留在这里，福特先生！"他说，"我会很想家的！"

"那你愿意跟我一起走吗？"威立斯·福特说，看样子他觉得这孩子很好笑。

"哦，是的，我愿意！"

"但是我可不觉得你是个好伙伴。我应该觉得很荣幸。很抱歉，我只能让你失望了，我必须把你留在这里几个星期。这位善良的女士会照顾你的。"

赫伯特偷偷看了巴顿太太一眼，她正带着一副既鄙视又不耐烦的神情看着他，可是他并没有因此罢休。他再次提出了自己的请求。

"够了。"威立斯·福特严厉地说，"这样是对你好，别闹了。再见！我很快就会给你写信的。"

赫伯特意识到自己再反抗也没有用了，于是失望地一屁股坐到了草地上。

"他会留在这里吗，妈妈？"阿博纳好奇地问道。

"是的，他会跟我们住在一起。"

"哈哈！"阿博纳笑道，"他会有一个不错的宿舍。"

"阿博纳，闭嘴，不然我揍你！不要让他再想家了。"

"喂，山姆，我想我们在一起会过得很开心的。"阿博纳很高兴能有个伴，"我们做什么好呢？你想玩跳青蛙吗？"

"我不想。"赫伯特沮丧地回答。

"我们可以去钓鱼。"阿博纳建议道，"离这里四分之一英里的地方有个池塘。"

"我不会钓鱼。"赫伯特说。

"不会钓鱼？那你会做什么呢？"

"我们在纽约没机会钓鱼。"

"哦，"阿博纳突然想到了一件事情，"纽约好玩吗？"

"我想回到那里。我在其他地方都不会感到开心的。"

"跟我说说你们在纽约都做些什么。我想去纽约。"

赫伯特还没来得及回答，巴顿太太就插嘴道："阿博纳，我去村子里的时候，你能照顾一下山姆吗？"

"你去那里干吗，妈妈？"

"我去买些做晚饭用的酱油。家里没有酱油了。"

"要是你把钱给我们的话，我可以和山姆一起去。"

"我太了解你了，阿博纳。我不会放心把钱交给你的。要是我给你5美元的话，你恐怕永远都不会回来了。"

"我说，妈妈，您身上不会有5美元吧？"阿博纳瞪大了眼睛问道。

"你别管。"

"要是您不给我点钱的话，我就告诉爹。"

"你敢！"巴顿太太威胁道。

"你爹跟这件事没关系。这是给山姆寄宿的钱。"

"我不叫山姆。"赫伯特插嘴道，他还是更愿意使用自己的名字。

"我就叫你山姆吧！你可以叫自己乔治·华盛顿或杰克逊将军，或任何你想叫的名字。说不定你还是克里斯托弗·哥伦布呢！"

"我的名字叫赫伯特·雷诺德。"赫伯特觉得有些烦。

"那是你今天对自己的称呼。我不知道你明天又会叫自己什么。"

"你不相信我吗，巴顿太太？"赫伯特沮丧地问道。

"不，我不相信。把你带来的那个人……我记不清他的名字了……"

"威立斯·福特。"

"对，威立斯·福特！你好像知道他的名字。对，他告诉我你是个古怪的家伙，你总是觉得自己是其他人，而不是自己。"

"他跟你说我是疯子吗？"赫伯特叫道。

"是的。我毫不怀疑。"

"这真是个邪恶的谎话！"赫伯特愤愤地叫道，"我会当面告诉他的。"

"好吧，你这段时间是不会有机会的。我不能站在这里跟你瞎聊了。我必须去店里。我不在的时候，你们两个都要给我老实一点。"

　　赫伯特感觉既无聊又沮丧，他什么都不想说，可是阿博纳却对纽约充满了好奇，他向自己的小伙伴提出了很多问题，赫伯特闷闷不乐地一一回答。

　　虽然他回答得很没条理，而且也只是机械地应付了几句，可还是引起了阿博纳很大的兴趣。

　　"我想去纽约。"他说，"很远吗？"

　　"大约1000英里。可能还会更远。"

　　"天啊！那可太远了。你怎么来的？"

　　"我们坐车来的。"

　　"花很多钱吗？"

　　"我不知道。福特先生买的票。"

　　"他有很多钱吗？"

　　"我觉得他没有。他以前是爸爸的手下。"

　　"我希望你爸爸能有很多钱。这样我们可以选个天气好的早晨出发，说不定等我们到了纽约之后，你爸爸还可以给我点事情做呢！"

　　赫伯特第一次开始对他们的谈话产生了兴趣。

　　"哦，希望我们能去那里。"他急切地说，"我想，要是你带我回去的话，爸爸会给你很多钱的。"

　　"你真的以为他会吗？"阿博纳立刻问道。

"我知道他会的。不过你妈妈不会让我们走的。"

"她不会知道的。"阿博纳挤了挤眼睛。

"你不会离家出走吧？"赫伯特问道。

"为什么不呢？我为什么要留在这里？妈总是骂我，爹只要一有钱就会拿去买酒喝。我想他们两个根本就不关心我是否在家。"

赫伯特并不确定他是否应该感到震惊。但他承认，如果他的父母真的像阿博纳说的那样，他根本不会后悔离开他们。不管怎么说，阿博纳的话让他内心更加讨厌这个他已经觉得讨厌的地方，他想回到城市的家里，现在他觉得那个地方比以前更加重要了。

"要是没钱的话，我们不可能走。"他声音里有些焦虑。

"不能走着去吗？"

"太远了，而且我也不够强壮。"

"只要给我足够长的时间，我能走着去。"阿博纳坚定地说，"哈喽！那是我爹！"

赫伯特抬头一看，顺着阿博纳的眼光，他看到一个男人正朝向他们走过来。巴顿先生是一个高个子，身上穿着破破烂烂的衣服，头上戴着一顶破帽子，走起路来摇摇晃晃，说明他很难保持平衡。

"那是你父亲吗？"赫伯特问道。

"是那个老家伙，可以肯定。"

"他怎么了？"

"跟平时一样，又喝酒。问题是他今天没有喝够，所以没晕。我想可能是没钱了吧！"

赫伯特没想到阿博纳居然这样不尊重自己的父亲，这让他感到震惊，可是即便在他看来，巴顿先生也不像是一个能让儿子尊敬的人。

"不知道爹在路上碰到妈了没有？"阿博纳小声说道。

这时候巴顿先生已经来到了院子里，看到了自己的儿子和赫伯特。

"阿博纳。"他声音粗重地说，"那孩子是谁？"

"他没碰上妈。"阿博纳想道。"他要跟我们一块儿住上一段时间，爹。"他回答。

"真的吗！很高兴见到你，孩子。"他直起腰来说道。

"谢谢您，先生。"赫伯特小声说。

"你是什么时候来的？"巴顿先生一边靠着树站稳身子，一边问道。

"半小时前。"阿博纳回答，因为这时候赫伯特正用一种无法掩饰的厌恶瞪着巴顿先生，后者满脸通红，说话口齿不清，显然是醉了。

"谁跟他一起来的？"巴顿先生继续问道。

"你最好问妈，这件事由她负责。是个年轻人。"

"她在哪里呢？"

"去村子里买酱油准备做晚饭。"

"好极了！"巴顿先生满意地说，"我今天可以在家里吃晚饭。那个人付给你妈钱了吗？"

"我想是的，否则她不会去买酱油的。老希克曼不会再愿意给我们赊账了。"

"那钱应该要给我才对。等你妈从商店回来的时候，我要问问她。"

"你会都用来喝酒的，爹。"阿博纳说。

"你怎么敢这样跟你的父亲讲话，你这个忘恩负义的狗东西！"

他想走到阿博纳面前揍他，可是他的儿子轻松地躲开了，他脚步一个不稳，一下子就跌倒在地上。

阿博纳大笑起来，可是赫伯特太吃惊了，所以他并不觉得这件事有趣。

"来，扶我起来，阿博纳！"乔·巴顿说。

"不，爹！要不是你想揍我的话，你不会摔倒的！"

"我来帮您，先生！"赫伯特一边说着，一边克制住自己本能的厌恶，走了上去。

"你真是个绅士！"巴顿先生一边嘟囔着，一边抓住小家伙伸过来的手，停顿了一下之后，他终于站稳了身子，"你是个绅士，我希望自己能有个像你这样的孩子。"

赫伯特不能同意这个愿望。他觉得有一个像乔·巴顿这样的父亲是个巨大的不幸。

就在这个时候，巴顿太太正迈着像男子汉一样的步伐走进了院子。

"妈回来了！"阿博纳叫道。

巴顿先生一边转过身看着妻子，一边站稳了。

"我想见你，巴顿太太。"他说，"什么时候吃晚饭？"

"要是我靠你来给我弄吃的话，我永远也吃不到饭！"她冷冷地回答。

"不要在陌生人面前这样跟我讲话。"巴顿先生一边咳嗽，一边说。

"这样会伤害我的感情。"

"你的感情很生硬，现在我的感情也变生硬了。"

"你拿的是什么？"

"一些香肠。要是想吃的话，你必须按时回来。我不会给你留的。"

"那个人给你多少钱，巴顿太太？"

"那是我的事！"他妻子反驳道。

"巴顿太太，"她丈夫站起身来说，"我想让你明白，我是这个家的主人，我有权利管理那些钱。所以你必须把那些钱给我。"

"我不会的，乔！你只会用来喝酒。"

"我的身体需要酒，这是医生说的。"

"那你必须自己赚钱。我的身体需要吃些东西，要是我接管一个寄宿者的话，他也必须吃东西。"

"巴顿太太，我没想到你会这么狠心。"乔·巴顿哀怨地说。

"好了，乔，不要再说蠢话了。没用。我不能一整天站在这里。我必须去准备晚饭了。"

要是乔·巴顿能从妻子那里弄到钱的话，他很可能会立刻回到酒馆，根本不会坐在餐桌旁吃饭。可是既然没拿到钱，他只好躺下睡觉，直到晚饭的时候才起床。

巴顿太太是个不错的厨师，赫伯特的胃口好得出乎意料。不用说，阿博纳也大吃了一顿。

"喂，山姆，"他说，"我很高兴你到我们家来。"

赫伯特可不这么认为。

"这样我们就必须过得好一些，"阿博纳解释道，"妈和我经常到处找吃的。我们不常吃肉。"

这话让赫伯特大吃一惊。他不是一个娇惯的孩子，不过他从来不缺美食，一想到今后的食物不知道该是什么样子，他就感觉提不起精神。

晚饭结束后，他们离开了餐桌。乔·巴顿再次企图让妻子给他些钱，结果遭到了坚定的拒绝。巴顿太太对他的任何请求和威胁好像没有听见一样。她是一个强壮而果断的女人，不会被吓倒的。

当巴顿先生离开家的时候，他的表情从失望变成了狡猾。

"过来，阿博纳！"他示意自己的儿子。

"干吗？"

"别管。"

"可是我必须管。你想抓住我吗？"

"不，有点小事。对你有好处。"阿博特跟爸爸一直走到院子的篱笆那里。

"好了，你想干吗？"他一边问，一边警惕地望着父亲。

"我想让你查出来你妈把钱放在哪儿。"乔·巴顿哄骗阿博纳说。

"做什么？"

"把钱拿出来，交给我。"

"然后饿肚子？"

"我可以给自己买些东西。我是这家的主人。"

"你想让我帮你从妈那里偷钱吗？"

"那不是偷。那钱应该是属于我的。我难道不是这个家的主人吗？"

"我不知道。妈是头儿，一直是这样的。"阿博纳笑道。

乔·巴顿皱了皱眉头，不过他立刻开始了新的攻击。

"当然，我可以给你一些钱，阿博纳。"他接着说，"要是有5美元的话，我可以给你25美分。"

"我看看吧，爹。"

"要是可以的话，最好在今天晚上之前给我。我那时需要用钱。"

阿博纳回到赫伯特身边，坦白地告诉他刚才谈话的内容。

赫伯特感到震惊。他不知道该怎么评价自己刚刚加入的这个家庭。

"你不会这么做的，对吧？"他惊讶地问道。

"是的，我不会的。我很想要25美分，可是我还是愿意让妈保管那笔钱。她可以买些吃的，爹只会拿它去喝酒。你不想去钓

鱼吗？天气好极了，我们会玩得很开心的。"

赫伯特也不知道该怎么打发时间，所以就同意了。阿博纳再次把话题转向了纽约。赫伯特告诉他的事情已经有力地激发了他的想象力。

"你没钱吗？"他问道。

"是的。"赫伯特回答，"福特先生已经拿走了我所有的钱，我现在只有这些。"

他从口袋里掏出了一枚硬币。

"这没用。"阿博纳失望地说，"等等，"过了一分钟之后，他又接着说，"要是你给你的亲戚写信的话，难道他们不会给你寄些钱过来吗？"

"会的。"赫伯特突然眼前一亮，他赶忙回答，"我以前怎么没想到这个呢？要是能有张纸和墨水的话，我马上就可以给爸爸写信。我知道他要么会寄钱过来，要么会亲自过来找我的。"

"我们这就去邮局。"阿博纳说，"你可以在那里买些纸和邮票。你身上的钱足够了。那里有笔和墨水。"

"我们马上就去吧！"赫伯特急切地说。

两个孩子立刻前往村子。写完信，贴上邮票之后，心里的一块石头终于落了地。他觉得父亲很快就会来找他，那样他就可以

暂时忍受一下目前的处境了。不过，天啊！对可怜的赫伯特来
说，那封信永远也没有送到他父亲手上。为什么呢？读者将在下
一章知道答案。

第 13 章

管家之罪

可以想象，在这段时间里，丢了孩子的这家人并没有闲着。独生子的神秘失踪让父亲的心里充满痛苦，他立刻动手了解真相。他不仅把所有的资讯都告诉了警察，而且还派了一所私家侦探所的侦探详细调查这件事情。这件事情很快登上了报纸，赫伯特根本没有想到自己的名字已经成为成千上万个家庭谈论的话题。

日子一天天过去，虽然赫伯特的朋友们都在努力找他，可是他们还是没有找到任何线索，他们既不知道他的下落，也不知道什么人绑架了他。不用说，萨顿对这位痛苦不已的父亲充满了同情，而且他自己也觉得很难过，因为很长时间以来，他空闲的时候一直是赫伯特最好的伙伴，所以他已经对这个孩子充满了感情。

家里唯一对这件事情保持冷静的就是管家艾斯塔布鲁克太太。她甚至说赫伯特可能是离家出走了。

"你什么意思，艾斯塔布鲁克太太？"父亲不耐烦地叫道，"你应该知道我那可怜的孩子不会做出那种事情的。"

"孩子都让人操心。"管家冷静地说。

"上个星期我还在《先驱报》上看到一篇新闻，说有两个家境不错的孩子离家出走，要去杀印第安人。"

"赫伯特不是那种孩子。"萨顿说，"他不喜欢冒险。"

"我认识赫伯特的时间比你长，年轻人。"管家冷笑着反驳道。

"可是显然你并不是很了解他。"雷诺德说。

艾斯塔布鲁克太太冷笑了一下，却什么也没说。虽然没有说，但显然，她不同意雷诺德先生的观点。

这件事让经纪人不能安心工作了，他把办公室的工作交给了

自己的手下，然后几乎把所有的时间都用来跟警察打交道，跟踪那些可能的线索。

失去儿子似乎让他跟萨顿之间的关系变得更加紧密了，他这时对后者已经毫无保留地信任。晚上在家里的时候，他会跟萨顿聊天，他发现萨顿是一个很有同情心的聆听者，他会跟萨顿聊一些关于这孩子的细节，关于以前的回忆，这些事情可能很琐碎，但却很让人感动。

他很少会跟艾斯塔布鲁克太太谈起自己的儿子。她的冷漠让他感到厌烦。她从来没有对赫伯特表示出任何好感，而且那孩子也从来不喜欢跟她待在一起。

一天早晨，当雷诺德先生和萨顿出去之后，艾斯塔布鲁克太太走进大厅的时候突然看到桌子上有一封邮差送来的信。因为管家天性对所有的事情充满了好奇，所以她拿起信来，透过眼镜看了看上面的地址。

信是写给雷诺德先生的，笔迹像是出自一名学生之手。艾斯塔布鲁克太太的心突然激动地跳了起来。

"这是赫伯特的笔迹。"她自言自语道。

她仔细看了邮戳，发现是从伊利诺宜州希皮欧寄过来的。她把信拿在手里，想着该怎么办。

要是把信交到雷诺德先生手里的话，结果毫无疑问，那孩子会被找到，而且肯定会说出绑架者的姓名。她最喜欢的威立斯·福特会被抓起来，而且很可能会被关进监狱。

"他应该更小心一些，不要让那孩子写信。"管家自言自语道，"威立斯太不小心了。我真想看看信里都写了什么！"

管家的好奇心变得再也无法遏制，于是她决定打开信。她用蒸汽熏开了信封，如果一切顺利的话，她可以在看完信后把信封重新粘好。做这种事情的时候，她一点都没有罪恶感。几分钟之后，她就从信封里抽出信，开始看了起来。

赫伯特写道：

伊利诺宜州 希皮欧

亲爱的爸爸：

我知道您一定为我焦虑万分。我之前就应该给您写信，可是一直没有机会。威立斯·福特看到我在大街上玩，就跑上来告诉我说您要见我，然后就把我带走了。我觉得有些奇怪，可是我并没有拒绝，因为我担心他说的是真的。我们在港口登上了一艘蒸汽船，福特先生把我带进了一间客舱。然后他用一条手帕捂在我脸上，我就变得很困。等我醒来的时候，我们已经到了海上。我不知道自己要去哪里，然后我们又到了陆地上，第二天的时候，我们上了火车，又走了几

天。我求福特先生带我回家，可是这只会让他生气。我想他恨您和萨顿，而且我想他把我带走就是为了要报复您。我敢肯定他是一个坏人。

最后，我们来到了这个地方。这是伊利诺宜州的一个小地方。住在这里的是巴顿先生、巴顿太太，还有他们的儿子阿博纳。乔·巴顿是一个酒鬼。他一有钱就拿去买威士忌。巴顿太太是一个很勤奋的女人，家里所有的工作都是她一手包办。福特先生给她一些预付金。她是个高个子，说起话像个男人。她对我并不坏，可是我还是希望能在自己家里。阿博纳是个又高又粗鲁的家伙，他年龄比我大很多，块头也比我大很多，他对我也很不错，想跟我一起去纽约。他说他可以离家出走，要是我们能够有足够的钱支付旅费的话，他可以把我带回纽约。我知道我们不可能走着回去。阿博纳能，因为我知道他比我强壮多了，可是我知道我会很累的。

亲爱的爸爸，要是您能给我们寄来足够的钱让我们买火车票的话，阿博纳跟我会在接到钱后立即动身。我不知道他是否应该离家出走，不过他说他父亲和母亲都不关心他，而且我相信他说的是实话。

他父亲只关心威士忌，他母亲总是在骂他。我想要是她真的关心他的话，就不会这样做的，您说是吗？纸用完了，我必须停止了。记住一定要给您亲爱的儿子寄钱过来。

赫伯特·雷诺德

"你写起来多轻松啊！"当阿博纳看到赫伯特的信越写越长的时候，他赞叹地说，"要是让我写一封那么长的信，恐怕得要一星期的时间，我可做不到。"

"我平时也不会写得这么轻松，"小男孩说，"可是，你看，我有很多事情要写。"

"还有，"阿博纳说，"我也不会拼那么多单词。你肯定成绩特别好。"

"我喜欢读书，"赫伯特说，"你不喜欢吗？"

"不喜欢。我更喜欢打球、钓鱼，你不喜欢吗？"

"我有时候也喜欢，但是我不想让自己长大以后却什么都不懂。"

"我知道自己什么都不懂，可是我想我跟爹知道的一样多。那老家伙什么都不会。他只关心威士忌。"

"我希望你在这方面不会像他那样，阿博纳。"

"不，我不会的。我不喜欢其他孩子向我扔石头，可是他们经常在爹喝醉的时候对他那样做。我揍过他们。"

艾斯塔布鲁克太太饶有兴致地读完了赫伯特的信。她发现这

孩子的证词对威立斯·福特非常不利，而要是这封信落到他父亲手上的话，他就会被带回来。

"我只能做一件事情。"管家一边想着，一边紧紧地闭上了自己的薄嘴唇。

她点燃了自己房间里的煤油灯，然后毫不遗憾地把信伸进了火上，烧得一干二净。

赫伯特和阿博纳每天都去邮局，问问有没有自己的信，可是一封信都没有。可怜的赫伯特陷入了绝望。他本来以为父亲会立刻寄钱过来，或者会亲自过来把他接回家。难道父亲已经把他忘记了，或者根本不关心他的失踪？他简直无法相信，可是他该怎么想这件事呢？

"我想你父亲并没有接到那封信。"阿博纳提示道。

赫伯特松了一口气，他非常同意这个观点。

"哦，可能妈告诉邮局说有信就交给她。"

这点也似乎并非不可能。

"我们能做什么呢？"赫伯特绝望地问道，"我想我们最好逃跑。"

"一分钱也不带吗？"

"我们可以给人工作一两个星期，然后再写信。"

"恐怕我做不了太多工作。"赫伯特说。

"那我可以做我们两个人的工作，"阿博纳吹嘘地说，"反正我在家里也待腻了。"

"我听你的。"赫伯特也觉得有些变化总会是好事。

"等我准备好了就告诉你，"阿博纳说，"等妈去村子里的时候，我们就找个时间动身。"

赫伯特之所以不喜欢这个新家，还有另外一条原因。到现在为止，一个月已经过去了，威立斯·福特付的钱已经到期了，可是他还没有要付更多钱的迹象。第一个星期的时候，虽然巴顿太太的手艺并不太高明，但伙食还算过得去。可是现在钱已经用完了，这家人又只能靠自己有限的资源生活了。面糊和牛奶就成了现在的主要食物。偶尔吃些这种食物还可以，可是要是每餐都吃这些的话，赫伯特和阿博纳都觉得无法忍受了。

"没有其他东西可以吃了吗，妈？"阿博纳不满地问道。

"是的，没了。"母亲脾气暴躁地回答。

"以前还有香肠和烤肉呢！"

"那是我有钱的时候。"

"那个男的留的钱都去哪儿啦？"赫伯特提醒道。

"都花光了，我希望威立斯·福特能尽快再送些钱来。他可别指望我能收留一个白吃白住的家伙。"

　　她严厉地看了看赫伯特，好像这是他的错。可以肯定，这个可怜的孩子也不想靠巴顿太太的施舍生活。

　　"说不定他会在信里给您寄些钱呢！"阿博纳暗示道。

　　"好吧，我倒从来没想到过这个。这个主意不错，阿博纳，你吃完饭去邮局看看吧，问问是否有给我的信。要是有的话，麻烦你，千万别打开。"

　　"好的，妈。"

　　"跟我一起去吧，哥儿们。"阿博纳说。

　　这是他给赫伯特取的名字，他喜欢用自己的方式来称呼赫伯特。

　　"我想，"他们一边走着，赫伯特一边说，"你母亲不会收到我父亲的信的。要是收到了的话，她不会没有钱。"

　　"我想你说得对。你觉得那个叫威立斯·福特的家伙会寄钱来吗？"

　　"我想要是他能的话，他一定会寄的，因为他想把我留在这里。可是我觉得他可能并没有太多钱。"

　　"我妈这下可惨了。"

　　"阿博纳，"赫伯特停顿了一下，仔细认真地想了想，然后说，"你愿意尽快离家出走吗？"

　　"愿意，哥儿们，我随时都可以做好准备。你着急吗？"

"是的，阿博纳，我不想让你妈妈养我。你知道，她也不是富裕的人……"

"是的。要不是嫁给了我这个一无是处的爹……"

"我不想这样说你父亲，阿博纳。"

"为什么不？这难道不是真的吗？爹确实没本事。他一有机会就喝醉。妈是一个善良又勤劳的女人。要是只有一个人的话，她日子会过得很好。"

"不管怎么说，她不可能平白收留我。所以我想尽快离开，阿博纳。"

"我们明天一大早就出发，怎么样？"

"多早？"

"3点。妈通常5点起床。我们必须在那之前上路。"

"我愿意，阿博纳。你得及时叫醒我。"

"你最好早点上床，哥儿们，尽量多睡一会儿。我们明天会很辛苦。"

"起床了。"

小男孩动了动，最后睁开了眼睛。借着窗子透过来的昏暗灯光，他看到阿博纳正弯腰看着自己。

"怎么了？"他昏昏沉沉地问道。

"厨房里的钟刚响了三下。"阿博纳轻声说，"你没忘了我们今天要离家出走吧？"

"我马上就起来。"赫伯特一边揉着眼睛，一边说。

两分钟后，两个孩子就穿好衣服，准备出发了。要是在家里的时候，赫伯特穿衣服要花很长时间，可是现在他对这些已经不在乎了。

孩子们把鞋子拿在手里，穿着袜子偷偷溜了出去。当他们经过巴顿先生和巴顿太太睡觉的房间门口的时候，他们听到里面两个人传来了粗重的呼吸声，知道他们不会被听到的。

走出房门，他们穿上鞋子，准备出发了。

"等一下，哥儿们。"阿博纳说。

他又走回屋子，很快又走出来了，手里拿着半块面包。

"这是我们的早餐。"他说，"但是现在不能吃。我们可以等到5点的时候，那时候我们会饿的。"

5点的时候，他们已经走了很多英里，来到了下一座城镇的中间地带了。

"你觉得累了吗，哥儿们？"阿博纳问道。

"有点累。我饿了。你不觉得我们现在该吃面包了吗？"

"是的，最好现在吃。我也饿了。"于是他们坐在一棵树下，阿博纳把面包平分了两半。

"你应该多吃点，"赫伯特说，"你比我大，需要多吃一些。"

"没关系！你需要它来保持力气。"

阿博纳并不是天生就这么无私，不过身为一个男子汉，他觉得自己应该对一个比自己小的孩子慷慨一些，而且当他注意到赫伯特把自己的那份吃得干干净净，就连一块最小的面包屑都没剩下的时候，他觉得自己刚才的拒绝已经得到了回报。

他们找到了一处喷泉，在那里痛痛快快地畅饮，然后又再次上路了。大约又走了两英里之后，他们听到后面传来车轮辘辘的声音，看到一辆农场用的马车跑了过来。车夫是一个大约30岁的人。

"噢，停下。"他说。

马停住了。

"你们两个要去哪里？"他问道。

"我们在旅行。"阿博纳随口回答。

"你们家在哪里？"

"后面。"

"你们要去哪里？"

"我在找工作。"阿博纳回答。

"哦，你应该是把好手。你看起来很强壮。那小家伙是你弟

弟吗？"

"不，他是我表弟。"

听到这话，赫伯特吃惊地抬起头来，可是他觉得自己最好还是不要说任何跟阿博纳相互矛盾的话比较好。

"他也在找工作吗？"车夫微笑着问道。

"不是。他要去找他父亲。"

"他住哪里？"

"更远的地方。"

"你们走了很远吗？"

"很远。"

"要是你们想搭车的话，我可以载你们几英里。"

"谢谢您，"阿博纳立刻接受了这个建议。

"我来帮你上去，哥儿们。"

两个孩子在车夫旁边坐下，赫伯特坐在中间。这小孩子确实很累了，他发现坐车比走路舒服多了。他已经走了7英里，他以前从来没走过那么远的路。

他们大约坐了3英里，直到车夫在一处看起来很舒服的房子前面停了下来。

"我就停在这里。"他说，"我阿姨住这里，我姐姐经常来看望她。我是来接她回家。"

前门打开了，他阿姨和姐姐走了出来。

"刚好赶上早餐时间，约翰。"他阿姨说，"进来吧，坐下来吃饭。把两个孩子也带进来。"

"我们已经……"赫伯特刚张嘴，阿博纳打断了他。

"来吧，哥儿们。"他说，"那一点面包有什么用？我还没半饱呢！"

这真是一顿丰盛的早餐，有牛排、马铃薯、玉米面包、新鲜的黄油和苹果酱，阿博纳眼睛为之一亮，因为他以前从来没有在家里吃一顿这么丰盛的早餐。从他用刀叉的样子就可以看出来，他确实很喜欢这顿早餐。就连在城市里一直讲究食物的赫伯特，即便是在吃了一块面包之后，还是把面前的食物一扫而空。他自己都对自己的胃口感到惊讶，完全忘记了是刚刚走完的7英里刺激了自己的食欲。

早餐之后，他们立刻再次出发。他们在中午的时候休息了几个小时，太阳落山的时候，他们已经走了大约20英里。阿博纳本来可以走得更远一些，可是赫伯特已经筋疲力尽了。他们从一位友好的农场主人那里得到许可，可以在他的谷仓里过夜，于是就一直在那里待到7点半。要是雷诺德先生知道自己的小儿子被迫睡在一堆干草上的话，他一定会非常震惊的，不过说实

话，赫伯特很少像这天夜里睡得这么香，也很少会像这样感觉精神抖擞。

"你睡得怎么样，阿博纳？"他问道。

"好极了。你怎么样，哥儿们？"

"我一夜没醒。"赫伯特回答。

"我想知道，当爹和妈发现我们不见的时候，他们心里会怎么想？"阿博纳鬼笑道。

"他们不会难过吗？"

"不会很难过的，"阿博纳说，"我想他们并没有那么善良。这件事根本不会影响他们的胃口。"

当他们从草堆上下来的时候，农场主人正在那里挤奶。

"小伙子们，"他说，"你们起床穿好衣服啦？"

"是的，先生。"

"准备吃早餐了吧！"

"我想吃完饭我们感觉会更好的。"阿博纳立刻说道。

"先等我挤完奶，然后我们再去看看威金斯太太都给我们准备了什么。"

阿博纳听到这些话很高兴，因为他的胃口一直都很不错。

"我说，哥儿们，我很高兴自己离家出走，"他对旁边的赫伯特说，"我们现在比在家里过得舒服多啦！"

先让孩子们继续上路吧！我们要把话题转回那对可怜的父母，了解一下他们是怎么看待孩子失踪这件事情的。

当巴顿太太起床开始一天的工作时，她发现手边没有木柴可以用来做饭。

"阿博纳现在可真是越来越懒啦！"她自言自语道，"我得马上去叫他起床。"

她走到台阶前，扯着嗓门大叫道："阿博纳！"

没人回答。

"就是发生地震，那孩子也能睡得着，"她嘟囔道，"赶紧下来劈些木柴，你这个懒鬼！"她又提高了嗓门。

还是没有人回答。

"他听见了，可是就是不想起床。我马上就让他下来。"

她走上了阶梯，一次跨上两个台阶，然后打开儿子的房间门。

要是阿博纳在床上的话，他妈妈一定会把他拽起来了，因为她的胳膊非常有力，可是床居然是空的。

"哦……"她惊讶地叫道，"要是那孩子还没起床的话，这可真是个奇迹。那小孩子也不见了。这是什么意思？"

虽然以前从来没见过阿博纳这么早起床，可是巴顿太太还是觉得阿博纳和赫伯特可能很早就起床钓鱼去了。

"我想他们早餐的时候就会回来，"她自言自语道，"看来我得自己劈木柴了。"

半个小时后，早餐准备好了。非常简单，因为家里的东西也没有多少了。巴顿先生走下楼来，不满地看了看早餐。

"这早餐太简单了吧，巴顿太太。"他说，"肉和马铃薯都去哪儿了？"

"市场上有的是。"巴顿太太回答。

"那你为什么不买些回来呢？"

"你应该知道，乔。你给我钱啊！那样我就保证你会有一顿丰盛的早餐。"

"那个威立斯·福特给你的钱都去哪儿了？"

"都去哪儿了？都被吃光了，乔，你也吃了你那一份了。要是你拿到钱的话，你就会把它们用来喝酒的。"

"为什么不让他多寄点过来？"

"要是你见到他，你最好自己去问问他。是你应该给我钱，你不可能用一个孩子的食宿费来支撑一家子人。"

"真奇怪，孩子们都去哪儿了。"巴顿先生赶忙改变话题，"他们是不是跑到床底下耍你呢？"

"要是那样的话，我会把他们揪出来的。"巴顿太太觉得这也并不是没有可能。

于是她再次跑到楼上，仔细检查了孩子们的房间。她掀开了被子，往床底下看了看。没有孩子们的影子。她又往房间周围看了看，却发现了其他东西。在壁炉架上有一张纸条，好像是故意放在那里引起别人注意。

"那是什么？"巴顿太太自言自语道。

过了一会儿，她以比刚才更快的速度跑下楼来。

"看！"她一边叫着，一边把纸条拿给乔·巴顿。

"这只是一张纸条啊！"她丈夫说道。

"别傻了！看看上面都写了什么。"

"大声读出来。我没戴眼镜。"

"孩子们离家出走了。是阿博纳写的。你听。"阿博纳并不善于写信，所以他在纸上粗略地写道：

> 我哥儿们跟我一起走了。你们不用担心。我想我们会过得不错的。我们要去赚大钱啦！等有钱的时候，我们会回来的。
>
> 　　　　　　　　　　　　　　　　　　　　　　阿博纳

"你怎么看这件事情，乔？"他妻子问道。

乔·巴顿耸了耸肩膀。

"我不担心的。"他说，"他们可能明天就会回来。"

"那今天你去劈柴，乔。你不能让一个像我这样娇嫩的女人去做这种粗活。"

"你跟我一样强壮，巴顿太太。"

"要是你不去工作的话，你就会看到我有多强壮了。"

"我下午做。"

"好！那我们晚上再吃饭吧！没有木柴，就没有早餐。"

"我觉得你好像对我也太严厉了吧，巴顿太太。这种感觉不是很好。"

"要是不戒酒的话，你的感觉就不会好起来的。"

迫于环境压力，巴顿先生很不情愿地做起别人要他做的工作。这让他很生阿博纳的气。

"等他回来的时候，我非得扭断他的脖子不可，"他嘟囔道，"居然把所有工作都留给他可怜的老父亲，这真的是太可耻了。"

到了第二天，孩子们还是没有回来。一个星期过去了，孩子们还是没有出现。巴顿太太并不是一个很爱孩子的母亲，可是家里没有了阿博纳，她确实感觉非常孤单。至于赫伯特，她并不关心。要是威立斯·福特不接着继续支付寄宿的费用，她倒是情愿让他离开。

孩子们出发后的第六天，巴顿太太遇到了一件让她大为吃惊的事情。

当她在厨房忙碌的时候，突然听到有人大声敲门。

"会是阿博纳吗？"她想，"他不会敲门的。"

她走到门口，想看看到底是谁来了，一打开门，她就大吃一惊，居然是威立斯·福特。

"福特先生！"她叫道。

"我想我该来拜访您了，"威立斯·福特说，"那孩子怎么样了？"

"跑了，把我的孩子一起带走了！"

"跑了！"威立斯·福特沮丧地叫道。

"是的，他一个星期之前跑掉的。他和我的阿博纳一起去发财了。"

"为什么不好好照顾他呢？"威立斯·福特生气地叫道，"他跑了，这都是您的错！"

"好了，威立斯·福特。"巴顿太太反驳道，"别对我发火，我也无法忍受。要不是因为你带来的那个孩子的话，阿博纳现在还在家里呢！"

"我不想冒犯您，我亲爱的巴顿太太。"威立斯·福特发现自己做错了，"告诉我您知道的一切，我来想办法看能不能先把

孩子们找回来。"

　　"这样就对了，"巴顿太太一边说着，一边拉了拉皱巴巴的衣服，"进来吧！我把我知道的都告诉你。"

第 14 章

赫伯特累倒了

"阿博纳，我想我不能再走了。我病了。"赫伯特虚弱地说。

阿博纳一直走得很快，这时他转过身来看看自己的小伙伴。赫伯特看起来脸色苍白，简直就是在一步一步地拖着往前走。每一天他都在尽量赶上阿博纳，可是他不像对方那么有力气，所以最后就病倒了。

"你看起来确实病了，哥儿们。"看到赫伯特病恹恹的脸色，阿博纳大吃一惊，"是我走得太快了吗？"

"我觉得很虚弱，"赫伯特说，"我们能停一会儿吗？我想躺在树底下休息一下。"

"好的，哥儿们。那棵树不错。"

"你不累吗，阿博纳？"

"不累，我觉得就像一匹马一样强壮，一样开心。"

"我想是因为你块头比我大。"

阿博纳是个很强壮的孩子，可是他对赫伯特却表现出非比寻常的温柔与体贴，可能是对方的虚弱引发了他内心温柔的天性。他给赫伯特找了个阴凉的地方躺下，然后脱下自己的外套当枕头，让自己的小伙伴把脑袋放在上面。

"来，哥儿们。我想你很快就会好起来的。"他说道。

"希望如此，阿博纳，要是我能像你一样强壮就好了。"

"我也是。我想我天生就很强壮。"

"要是能在自己家里就好了。"赫伯特叹道，"纽约离这里还很远吧？"

"我想是的，不过我也不知道。"阿博纳回答，他的地理概念显然很模糊。

整整一个小时过去了，赫伯特仍然躺在那里，几乎一动也不动，好像休息是一种奢侈一样，他的眼睛若有所思地穿过树叶望着天上懒洋洋飘过的云彩。

"你觉得好些了吗，哥儿们？"阿博纳问道。

"我躺在这里的时候觉得好些了，阿博纳。"

"你觉得自己可以起来再走一段吗？"

"一定要起来吗？"赫伯特叹气说，"躺在这里真是舒服极了。"

"如果你不能坚持走下去，恐怕我们永远也到不了纽约。"

"我试试吧！"赫伯特一边说着，一边站起身来，可是他只能蹒跚着走几步，脸色又变得发白起来。

"恐怕我还是要休息一下。"他说。

"好吧，哥儿们。你好好休息吧！"

阿博纳又仔细地看了看自己的小伙伴。他很少看到人生病或者是虚弱的样子，可是这小男孩的脸色确实把他吓呆了。

"我想你今天不能再走了。"他说，"要是能有个地方住下就好了。"

就在这时候，一辆马车正好经过。驾车的是一位中年妇女，看样子很慈祥。她注意到了这两个孩子，尤其是赫伯特。她的眼睛很有经验，一眼就看出赫伯特生病了。

于是她让马停了下来。

"你弟弟怎么了？"她对阿博纳说道。

"我想他是病了。"阿博纳默认了他们之间的关系，"我们走了好几天。他不像我这么强壮。"

"看来他好像是病了。你们在附近有朋友吗？"

"没有，夫人。我们最近的亲戚也在100英里之外。"

那女士想了一下，然后说："我想你们最好能先到我家里来。我哥哥是个医生。他可以帮忙看看你的弟弟，看能帮他做些什么。"

"那真是太好了。"阿博纳说，"不过我们没有钱可以付给医生啊！"

"我不会给你们寄上账单的，我哥哥也不会，"女士微笑着说，"你能扶他上马车吗？"

"哦，是的，夫人。"

阿博纳帮助赫伯特上了马车，然后，在得到邀请之后，自己也上了马车。

"我能驾车吗？"他急切地问道。

"如果你喜欢的话，可以。"

这位善良的女士用胳膊扶住了赫伯特的脑袋，然后他们就这样又走了一英里，最后在她的指示下，他们在一栋又大又豪华的英格兰风格的住宅前面停了下来。

赫伯特被带下马车，然后阿博纳扶着他走上了楼，走进了一个又大又宽敞，有着四个窗户的房间里。

"他叫什么名字？"女士问道。

"赫伯特。"

"你呢？"

"阿博纳。"

"他最好先躺到床上去，等我哥哥一回来，我就请人把他叫过来。"

赫伯特一边斜靠在舒适的床上，一边满意地松了一口气，这张床更像他在家里的时候睡的那张床。

半小时过后，医生来到了房间，摸了摸赫伯特的脉搏。

"这孩子可能是太累了。"他说，"应该就是这样。他太累了，身上一点力气都没了。"

"我们怎么才能让他好起来呢？"他妹妹问道。

"只要有足够的休息和有营养的食物就可以了。"

"我们要把他留在这里吗？你反对吗？"

"按照他目前的情况，我反对让他走。你可以先帮忙照顾他，艾米丽。"

"我不介意。我们还必须把另外一个孩子也留下来。"

"那当然，我们有足够的房间让他们两个人住。"

当阿博纳得知他们可以在斯通医生舒适的家里住上一个星期的时候，他脸上的表情说明他很满意。

"要是您有什么事情需要我做的话，夫人，"他说，"我可以做。我很强壮，而且不怕吃苦。"

"那我会请你帮很多忙的。"斯通小姐微笑道。

第二天，当斯通小姐坐在赫伯特的房间的时候，她说："赫伯特，他看起来一点也不像你的哥哥。"

"您是说阿博纳吗，斯通小姐？"赫伯特问道。

"是的，你还有其他哥哥吗？"

"阿博纳根本不是我哥哥。"

"那你们怎么会在一起旅行？"

"因为我们都是离家出走的。"

"听到这个我很难过。我可不赞成小孩子离家出走。你住在哪里？"

"我家在纽约。"

"纽约！"斯通小姐万分惊讶地重复道，"你们不是一直走到这里的吧？"

"不是，斯通小姐。我是在一个月前被人从纽约的家里拐走的，那个人把我留在阿博纳家里。我不喜欢巴顿先生和巴顿太太，可是阿博纳对我很好。"

"你的父亲还健在吗？"斯通小姐问道，她开始变得对这个话题感兴趣起来。

"是的，他是一名证券经纪人。"

"毫无疑问，你们家一定很漂亮吧？"

"是的，很漂亮。是闹区的一栋棕色石头房子。我怀疑我还能不能再见到它？"

"肯定会的。我很惊讶，你居然没有写信告诉父亲你在哪里。他一定非常担心你。"

"我写了，请他寄些钱让我回家。阿博纳跟我一起。可是我没有收到回信。"

"奇怪。你父亲可能并没有收到那封信。"

"我觉得也是，斯通小姐，可是我并没写错地址。"

"你觉得会不会有人半路把信给扣住了？"

"可能是艾斯塔布鲁克太太。"赫伯特思考了一下，然后说道。

"她是谁？"

"管家。"

"你为什么会这么想呢？她不喜欢你吗？"

"是的，而且是她的儿子把我拐走的。"

斯通小姐又问了几个问题，赫伯特告诉了她所有的细节（这

些读者都已经知道了）。等他说完之后，她说道："我的建议是，你给你的朋友萨顿·格兰特写封信，或者你可以告诉我该写些什么，我可以写给他。他的信不会被扣住的。"

"我想这是个好主意。"赫伯特说，"萨顿会告诉爸爸的，那时候他就会派人来找我了。"

斯通小姐把桌子搬到床边，然后赫伯特一边说，她一边给萨顿写了一封信。这封信立刻由阿博纳送到了村子里的邮局。

雷诺德先生不遗余力地搜集关于他孩子的任何资讯，可是还是一无所获。他通过公共新闻社公布了赫伯特的事情，结果很多人都写信给他，声称自己曾经见过这么一个孩子。其中有一封信是从奥古斯塔寄来的，这封信给雷诺德先生留下了深刻的印象，以致他决定亲自到那里去一趟，看看信里描述的那个孩子。

就在他离开之后的第二天，萨顿结束一天的工作，回到家里的时候，刚好遇到正在上台阶的邮差。

"有我的信吗？"他问道。

"有一封给萨顿·格兰特的信。"对方回答。

"我就是。"萨顿说。

他接过了信，以为是家里寄来的。一看到信上的邮戳是从西部寄过来的，他不禁大吃一惊。当他看到是一个女人的笔迹的时候，他就更加吃惊了。

"那小孩子有消息了吗？"邮差问道，因为这时雷诺德先生的孩子不见的事情已经广为流传了。

萨顿摇了摇头。

"还没有什么确定的消息。"他说，"雷诺德先生去乔治亚追踪一条线索了。"

"两个星期之前，"邮差说，"我送了一封从希皮欧来的信，是一个小孩子的笔迹，我还以为是那个不见的孩子写来的呢！"

"从希皮欧寄来的信！？小孩子的笔迹！？"萨顿惊讶地重复道，"雷诺德先生把所有的信都给我看了。但并没有收到一封这样的信啊！"

"我不明白，信是我送来的，我可以肯定。"

"什么时候？"萨顿马上问道。

"上午大约11点的时候。"

"你把信给谁了？"

"给仆人了。"

"这可真奇怪。"萨顿若有所思地说，"你确定是小孩子的笔迹吗？"

"是的。信的地址是用圆润的小孩子的笔迹写的。仆人不会

把信弄丢了吧？"

"不会的，她很小心。"

"哦！我得走了。"

这时候萨顿已经打开了手里的信。他很快地浏览了一下签名，脸上立刻流露出了兴奋的表情。

"是赫伯特写来的。"他说。

他赶紧打开信，只见信上写道：

亲爱的萨顿：

我，或者说我请正在照顾我的斯通小姐给你写信，我两个星期前给爸爸写了一封信，可是恐怕他根本没收到那封信，因为我一直没收到回信。那是我从伊利诺宜州的希皮欧写给他的。

我在信上写道，威立斯·福特先生把我从家里拐走带到西部，然后他把我寄放在一户穷人家里，在那里我甚至都没有足够的东西吃。巴顿先生有个儿子，叫阿博纳，他对我很好，我们商量好，要是爸爸给我寄钱来的话，他就跟我一起逃跑去纽约。可是我们等啊等啊，却一直没有回信。最后，我们决定无论如何也要逃跑，因为我害怕福特先生会回来把我带到其他地方去。关于路上的经历，我也不能讲太多，我们大部分时候都是步行，我们很累，至少我很累，因为我没有阿博纳那么强壮，直到我病倒。我现在住在斯通医生家里，他很善良，他的妹妹也是，她现在正在替我给你写信。你能给爸爸看看这封信，要是他不能来的话，请他派人来接我，好吗？我很想回家。我多想再次回到家里啊！我希望他能在威立斯·福特找到我之前来接我。我想福特先生对爸爸充满了怨恨，所以他才把我拐走的。

你亲爱的朋友赫伯特·雷诺德

"请先别把这件事情告诉别人。"萨顿对邮差说，"我不想让人知道这封信的事。"

"你打算怎么办？"

"我今天晚上就去西部。"

"艾斯塔布鲁克太太扣下了那封信，"萨顿自言自语道，"我敢肯定。"

"我要离开这里几天，艾斯塔布鲁克太太。"走进房子的时候，萨顿对管家说道。

"你要去哪儿？"她问道。

"我也不确定。"

"你不等到雷诺德先生回来吗？"

"不！办公室的事情不是很着急。"

管家断定萨顿是要回克尔布鲁克，所以就没有把他这次出行跟失踪的孩子联想起来。

"哦，好吧！我想还是你最了解你的工作。要是当赫伯特跟他父亲一起回来，却发现你不在家的时候，他一定会很想念你的。"

"您觉得他会吗？"萨顿犀利地看着管家，问道。

"我不知道。我想他希望能够把孩子带回来，否则他不会跑那么远去找他的。"

"您乐意看到他回来吗，艾斯塔布鲁克太太？"

"当然！你为什么对此表示怀疑？"管家厉声问道。

"我想您不喜欢赫伯特。"

"我不是很宠他。我不喜欢宠孩子。"

"您经常听到威立斯·福特的消息吗？"

"那是我的事。"艾斯塔布鲁克太太厉声回答，"你为什么要问这个？"

"我怀疑他是否知道赫伯特被拐走了。"

"我们也不知道。很可能是那孩子自己离家出走的。"

萨顿私底下找来了出纳，告诉他自己的计划，然后从他那里领了一笔钱作为旅费。他乘坐晚上的火车离开中央车站，到了早晨的时候，他已经在赶往芝加哥的路上了。

就在这个时候，威立斯·福特正在四处寻找逃跑的孩子。虽然耽误了一下，可是他还是没有费太多时间就找到了正确的方向，然后一边走着，一边打听是否有人看到那两个孩子，一个身材短小，形体娇嫩，还有一个块头较大的两个孩子。很多人都看到了这两个孩子，并把这件事情告诉了他。

"他们是你的儿子吗，先生？"他问的一位工人问他。

"不——只有那个个子较小的孩子是。"威立斯·福特回答道，他撒谎的时候一点都不脸红。

"他们为什么离家出走啊？"

"我儿子可能不喜欢我给他选的寄宿地点。"

"他为什么不给你写信呢？"

"他不知道该把信寄到哪里。"

"另外一个孩子是谁？"

"我寄放孩子的那家主人的儿子。我想可能是他怂恿山姆跟他一起逃跑的。"

最后，威立斯·福特来到了克莱尔蒙特，就是两个孩子找到避难所的那个小镇。在这里，他听说斯通医生收留了两个孩子，孩子的长相跟他描述的一模一样。其中那个年轻点的孩子生病

了，不过现在已经好多了。他在旅馆里听到这个消息。

威立斯·福特的眼睛立刻流露出了喜悦的兴奋。他终于找回自己要找的人，赫伯特将再次落到他的手中。

他问了去斯通医生家的路。每个人都知道医生住在哪里，所以他很容易就问清楚了。事实上，在还没到医生家的时候，他就已经看到阿博纳正走在自己的前面，跟自己往同一个方向走去。

他加快了脚步，把手搭在了那孩子的肩膀上。

阿博纳转过身来，脸上立刻流露出一副沮丧的表情。

"哈，我的小朋友！我想你还记得我吧！"威立斯·福特用讥讽的口吻说。

"哦，你想做什么？"阿博纳绷着脸问道。

"你心里很清楚。我想找那个被你说服，跟你一起逃跑的孩子。"

"我没有说服他。"

"别啰唆了。我知道那孩子在哪里，我一定要找到他。"

"你也要找我吗？"

"不！我并不关心你要去哪里。"

"我想赫伯特不会跟你走的。"

"我想他会的。那就是斯通医生家，对吧？不用回答。我知道那是。"

"他肯定会抓到我的哥儿们的。"阿博纳愁闷地说，"可是我还是要跟着他们。"

"我想见斯通小姐。"威立斯·福特向仆人说道。

"我会告诉她的。请问您叫什么名字。"

"别管我叫什么名字。我想见她谈一些重要的事情。"

"我不喜欢他的样子，"仆人想，"看他说话的样子，好像他是这家的主人。"

仆人通报了斯通小姐，说门外有一位不肯透露姓名的先生想见她。

斯通小姐当时正在赫伯特的房间，赫伯特的身体当时已经恢复得很好了，但还是感觉虚弱，他也听到了这个消息。

"他长什么样子？"他赶忙问道。

"他很纤瘦，长着黑头发、黑胡子，看他说话的样子，好像他才是这栋房子的主人一样。"

"我想他是威立斯·福特。"赫伯特脸色变白。

"就是那个拐走你的人？"斯通小姐叫道。

"是的，就是那个人。求你别让他把我带走。"赫伯特以恳求的声音说道。

"要是我哥哥在这里就好了。"斯通小姐焦虑地说。

"他不是很快就该到了吗？"

"恐怕不是。他要拜访很多人。布里吉特，去告诉那个年轻人说我很快就下去。"

5分钟后，斯通小姐下楼了。她看到威立斯·福特满脸不耐烦，正在发脾气。

"我是斯通小姐，先生。"她冷冷地说，"我知道你想见我。"

"是的，夫人，您能回答我几个问题吗？"

"可能吧！先让我听听都是什么样的问题。"

"您家里有个叫赫伯特·雷诺德的孩子吧？"

"是的。"

"他是从从乔·巴顿先生那里——也就是我把他留宿的地方逃跑的吧？"

"你有什么权利把他留宿在那里呢，福特先生？"斯通小姐问道。

"那是我的事情。请允许我说那些不关您的事。"

"我觉得不是这样。那孩子病了，我在照顾他。"

"我是他的自然监护人，夫人。"

"谁让你做他的自然监护人的，福特先生？"

"我不想讨论这个问题。我说明他是我表弟，我是他的监护人，这就够了。"

"你的表弟？"

"当然。毫无疑问，这会跟他的说法有所冲突。因为那孩子总是不停地撒谎。"

"按照他的说法，你把他从纽约的家里骗走，在违反他的意愿的情况下把他带到了这个地方。"

"您相信他吗？"威立斯·福特冷笑道。

"我相信。"

"您相信不相信都没关系。反正他是我姐姐的孩子，现在受我监护。我觉得把他放在希皮欧的乔·巴顿先生那里比较合适，可是那个古怪的孩子还是跟乔·巴顿的那个懒儿子一起逃跑了。"

"就算是这样吧！福特先生，你来这里有什么目的？"

"把他带走。我觉得把他留在这里不合适。"

威立斯·福特的态度是如此强硬，以致斯通小姐开始变得警惕起来。

"那孩子目前不适合旅行，"她说，"等我哥哥回来再说吧！他是个医生，他可以决定是否应该让他走。"

"夫人，您这种托词是行不通的，"威立斯·福特粗鲁地说，"我不会等您哥哥回来的。我要按照我自己的方式处理这件

事情。"

他开始往楼梯口走去，斯通小姐没来得及制止，他就已经走上楼去了。她尽快跟在后面，还没赶上他的时候，威立斯·福特就已经冲进了赫伯特躺着的那个房间。

一看到敌人的面孔，赫伯特顿时充满了惊恐。

"看来你还记得我，"威立斯·福特脸上挂着一副邪恶的笑容，"马上起来，准备跟我走。"

"把我留在这里，福特先生。我不能跟你走。真的，我不想跟你走。"赫伯特说道。

"我们走着瞧！"威立斯·福特用威吓的语气说，"我给你5分钟，赶紧起床，穿上衣服。要是你不听话，我会好好收拾你的。"

看着他残酷的面孔，赫伯特感觉自己没有其他办法了。他一边颤抖着，一边从床上爬了下来，开始穿衣服。他觉得没人可以帮他，但是事实上，他的援兵比他想象的更接近。

"福特先生，我抗议你这种高压方式。"斯通小姐愤愤不平地叫道，这时她已经来到了房间的门口。

"你有什么权利在没经过任何许可的情况下搜查我家？"

"要是这么说的话，"威立斯·福特冷笑道，"您有什么权利藏匿受我监护的孩子。"

"我不受他监护。"赫伯特马上说道。

"这孩子是个骗子。"威立斯·福特赶忙大声说道。

"回到床上去，赫伯特。"斯通小姐说，"他没办法带走你的。"

"说不定您可以告诉我，您准备怎么阻止我带走他。"威立斯·福特反驳道，脸上露出邪恶的笑容。

"要是我哥哥在这里的话……"

"可惜你哥哥现在不在这里，即使他在这里，我也不会允许他干涉我跟我表弟之间的事情。赫伯特，要是你不继续穿衣服的话，我可就不客气了。"

这时外面传来有人上楼的声音，威立斯·福特，还有斯通小姐，都把目光转向了门口。

第一个进来的是阿博纳。

"哦，是你？"威立斯·福特鄙夷地说道。

他本来以为来的是自己不想面对的斯通医生。

"是的，是我。你在这里干吗？"

"跟你没关系，你这个小混蛋。他就是得跟我走。"

"说不定你也打算让我跟你一起走？"

"不。"

"呵呵，"阿博纳笑道，"我想你可能觉得我是个很难缠的

家伙。那么你也不能带走我的哥儿们。"

"谁能阻止我？"

"我！"这时候传来了一个新的声音，刚刚在外面碰到阿博纳的萨顿这时悄悄地走进了房间。

威立斯·福特开始沮丧地往后退。他万万没有想到会在这里碰到萨顿。他也不知道赫伯特家里的朋友会跑到这么远的地方来追踪自己。他突然觉得自己被打败了，可是他并不愿意承认这个事实。

"你这个傲慢的家伙，你准备怎么阻止我？"他一边说着，一边恨恨地瞪着萨顿。

"威立斯·福特先生，除非你立刻离开这个房间，这个小镇，"萨顿坚定地说，"否则我就会让人把你抓起来。我带来了一位本地的警官，他对你到这里来的动机表示怀疑。"

"哦，萨顿，能看到你真是太高兴了！我爸爸也跟你在一起吗？"赫伯特高兴地叫道。

"我很快就会告诉你的，赫伯特。"

"你不会让他把我带走吧？"

"别担心。"萨顿坚定地说，"只要这位善良的女士说你身体足够好了，我就把你带回纽约。"

威立斯·福特站在那里，紧咬嘴唇。如果来的是雷诺德先生的话，他可能不会这么介意。可是，一个像萨顿·格兰特这样的孩子，居然能如此镇静地跟他对话，这实在让他感到生气。

"孩子，"威立斯·福特说，"听起来好像是你应该被抓起来才对——你偷了我继母的债券，你应该感谢她没把你送进监狱。"

"你的恶意指控对我没有任何影响，福特先生。"萨顿回答，"在你离开纽约之前，我们就已经充分证明是你偷了债券，即便是你的继母也不得不承认这一点。雷诺德先生把你开除了，而你就采取了报复行为——拐走他唯一的儿子。"

"我也会报复你的，你这个没礼貌的孩子。"威立斯·福特愤怒地说道。

"我会非常小心的，福特先生。"萨顿回答，"我知道你会报复我。"

"请马上离开这里，先生！"斯通小姐说道。

"我自己知道什么时候该走。"威立斯·福特语气粗鲁地回答。

这时，斯通医生已经听到他这句没礼貌的回答。他比大家预期的回来早一些，现在已经来到了房间门口。他是一个很强壮的人，而且脾气有点急躁。只见他一把抓住威立斯·福特的领子，把他扔到楼下。

　　"这可以给你一点教训，让你对女士更加礼貌一些。"他说，"好了，这怎么回事？这个男的是谁？"

　　斯通小姐说明了当前的情况。

　　"要是我能早点回来就好了。"医生说。

　　"你回来得正好。"萨顿微笑着说，"看来赫伯特已经找到了一些有力的朋友。"

　　威立斯·福特既气愤又觉得很没面子，他站起身来，却不敢再回到自己刚刚离开的房间。跟大多数无赖一样，他也是个胆小鬼，也不想再碰到医生了。

　　一个小时之后，萨顿给经纪人的办公室发了封电报："我已经找到赫伯特，明天跟他返回纽约。"

　　雷诺德先生这时刚刚从南方无功而返，又累又沮丧。可是一读到这封电报，他立刻忘记了所有的疲惫。"上帝保佑萨顿·格兰特！"他大叫道。

第 **15** 章

结　局

　　从芝加哥开来的火车刚刚到达中央车站。从车厢里下来两个我们很熟悉的男孩，萨顿·格兰特和赫伯特·雷诺德。

　　赫伯特满意地舒了一口气。

　　"哦，萨顿。"他说，"再次看到纽约真的很高兴！爸爸知道我们坐这列火车回来吗？"

　　答案很快就出现了。

雷诺德先生一看到他们，就急忙跑了过来，一把抱起了失踪的孩子。

"感谢上帝，终于把你找回来了，我亲爱的儿子。"他狂热地叫道。

"您还应该谢谢萨顿，爸爸。"小男孩说，"是他找到了我，并阻止福特先生再次把我带走的。"

雷诺德先生一把抓住了萨顿的手，热情地握了起来。

"我知道到时候该怎么向萨顿表示感激的。"他说道。

在回家的路上，萨顿第一次向雷诺德先生说明了管家的阴谋，是她把赫伯特的信藏了起来，让可怜的父亲为孩子担忧，而她本来可以帮他解除这种悲伤。

雷诺德先生一边听着，脸色开始变得严厉起来。

"那个女人是条狡猾的蛇！"他说，"她在我家里享受着舒适安逸的生活，而她居然用这种打击来回报我。她一定会为此后悔的。"

当他们回到家里的时候，艾斯塔布鲁克太太马上一脸假笑地迎了上来。

"你回来了，亲爱的赫伯特，"她说，"你可真让我们吓了一跳！"

"听你的口气，好像赫伯特是自己愿意离开一样。"雷诺德先生严厉地说，"你应该比我们更加了解真相。"

"我对这件事什么也不知道，先生。"

"那我应该告诉你，是你的继子——威立斯·福特，拐走了我的孩子。这是他在报复我，报复我把他开除。"

"我不相信，"艾斯塔布鲁克太太说，"我想那是您办公室的那个孩子说的吧？"

她一边说着，一边咬紧了她那瘦瘦的嘴唇。

"还有其他人也知道这件事情，艾斯塔布鲁克太太。赫伯特从他被扣留的地方逃跑了，是萨顿在威立斯·福特先生试图再次带走赫伯特的时候及时制止了他。"

"您对我的孩子有偏见，雷诺德先生。"艾斯塔布鲁克太太说道，声音因为愤怒而颤抖起来。

"我对你也同样充满偏见，艾斯塔布鲁克太太。我对你有一项严厉的指控。"

"您这是什么意思，先生？"艾斯塔布鲁克太太紧张地问道。

"我的孩子给我写信，告诉我他被关押的地方，你为什么把那封信藏起来？"

"我不知道您在说什么，先生。"艾斯塔布鲁克太太半挑衅地回答。

"我想你应该知道。"

"赫伯特写了这样的一封信吗？"

"是的。"

"那肯定是送错地方了。"

"恰恰相反，邮差明确地告诉我，他把信送到了这里。我相信是你把信藏起来了。"

"这是对我诬陷的指控。您没办法证明这件事情，雷诺德先生。"

"我也不打算证明，但是我完全相信有这么一件事。鉴于你的卑鄙行径，我一天也不想让你待在我家里了。请你立刻收拾好自己的东西，准备搬家。"

"我有权提前一个月接到通知，雷诺德先生。"艾斯塔布鲁克太太挣扎地说道。

"我会多发给你一个月工资的。我不想让一条蛇住在我的屋子里。"雷诺德先生坚决地回答。

艾斯塔布鲁克太太脸色变白了。她从来没想到事情会发展到这种结果。她以为没有人能够知道她隐瞒了信的事情。她再也不可能找到一份这么舒服的工作了。可是她并没有把自己的厄运归咎于自己不好的行为，相反，她把所有责任都归结到萨顿头上。

"我会好好谢谢你的，萨顿·格兰特。"艾斯塔布鲁克太太突然激动地说，"从我第一次看到你的时候，我就讨厌你。只要有机会，我一定会让你为此付出代价。"

"毫无疑问，艾斯塔布鲁克太太。"萨顿平静地说，"可是我想您没有这个力量了。"

艾斯塔布鲁克太太并不打算回答这个问题，而是急忙冲出了房间。半个小时之后，她离开了。

"现在我可以自由地呼吸了。"雷诺德先生说，"艾斯塔布鲁克太太总是充满恶意，那个女人在屋子里让我觉得浑身不舒服。"

"我很高兴她走了，爸爸。"赫伯特说。

那天晚上，当赫伯特上床睡觉之后，雷诺德先生请萨顿来到自己的书房。

"孩子，"他说，"我已经跟艾斯塔布鲁克太太说清楚了，现在我想跟你也说个清楚。"

"我希望不是同样的方式，先生。"萨顿说。

"你帮了我一个大忙，没有人能比你做得更好。你帮我找回了我唯一的儿子。"

"我并不想因此得到任何奖励，先生。"

"或许是的，可是我自己觉得还是应该向你表示我最大的感谢。我会把你的工资提高到每星期15美元。"

241

　　"谢谢您，先生。"萨顿高兴地说，"我妈妈一定会非常高兴的。"

　　"当你告诉她这件事情的时候，你还可以告诉她我已经在鲍威利银行，你的账户上存了5000美元。"

　　"这太多了，雷诺德先生。"萨顿大感震惊，"这会让我自己觉得像个有钱人。"

　　"只要你继续像以前那样认真工作，总有一天，你会成为有钱人的。"

　　"听起来像是在做梦一样。"萨顿说。

　　"我给你一星期的假期，让你去探望你的父母，告诉他们你的好消息。"

　　克尔布鲁克的教区里最近充满了焦虑。几个星期以来，牧师表现出劳累过度的症状。他对什么食物都失去了胃口，而且看起来疲惫不堪，筋疲力尽。

　　"他需要换换环境，"医生说，"去欧洲待一段时间对他有好处。他没病，他只是需要改变一下。"

　　"去欧洲旅行？"格兰特先生一边摇着头，一边说，"这说什么也不可能。我一直梦想着能去欧洲旅行，可是一个乡村牧师六年也攒不到足够的钱去欧洲旅行。"

"要是你弟弟古德菲先生能借给你一些钱的话。萨顿总有一天可以帮助你还清债务的。"医生说。

但是，古德菲先生永远也不会原谅萨顿居然敢违背他的大学资助计划的做法。

"要是我自己能借给您这笔钱就好了，格兰特先生。"医生说，"500美元就够了，它会让您焕然一新的。"

"最好是5000美元。"格兰特先生摇着头说，"真是谢谢你了，我的好朋友，但是我必须尽量努力工作，让那些有钱人去欧洲就好了。"

很快地，整个教区都传开了，说牧师病了，医生建议他去欧洲旅行休养。

"这听起来简直是荒谬透顶。"格雷德利执事说，"我比牧师还要辛苦，但我从来也没去过欧洲。这只是因为那比较时髦罢了。"

"但是格兰特先生看起来真的既苍白又无力。"格雷德利执事的太太说。

"就算病了又怎样？他应该像我一样在室外活动工作。那样他就知道什么叫工作了。依我看啊，牧师们的日子都过得太轻松了。"

都德先生也是抱持同样的观点。

　　"这些都是胡说八道的，格雷德利执事，"他说，"我父亲本来打算让我当一名牧师，要是我听从他的建议的话，我的日子要轻松得多。"

　　"那你就不会像现在有这么多钱了，都德先生。"听到这话之后，路克理莎·斯普林小姐说道。

　　"可能是吧！不过我现在是劳有所得。"

　　"依我看啊，虽然我没你们那么有钱，可是我还是愿意捐出20美元让牧师去欧洲一趟。"斯普林小姐说。

　　"我一分钱也不给。"都德先生强调道。

　　"我也是。"格雷德利执事说。

　　星期六的时候，格兰特先生的病情变得更加糟糕。人们甚至怀疑他第二天能否照常主持礼拜。毫无疑问，他现在情绪非常低落。

　　就在晚饭之前，一辆马车来到格兰特家的门口。萨顿从马车上走了下来。

　　"恐怕他被开除了。"格兰特先生紧张地说。

　　"看来不像。"格兰特太太注意到萨顿的脸上神采飞扬。

　　"爸爸怎么啦？"萨顿一进门就问道。

　　"他觉得不大舒服，萨顿。他病了。"

　　"医生怎么说？"

"他说你父亲应该去欧洲旅行三个月。"

"这当然不可能。"格兰特先生勉强笑道。

"要是你的弟弟——古德菲先生愿意借钱给你，那么你就能够成行了。"

"他不会的。"

"我们不会去求他的。"萨顿马上接着说，"但是爸爸您还是要去欧洲。"

"我的孩子，那需要500美元的旅费呀。"

"我们需要1000美元，这样妈妈就可以跟您一起出发去欧洲了，您需要她的照顾。而且妈妈也需要改变一下环境。"

"这听起来是一个不错的计划，萨顿，但是我觉得我们连想都别想。"

"我不同意您的说法。您和妈妈可以立刻动身，我可以支付所有的费用。"

"这孩子疯了吗？"牧师说。

"让我来回答您这个问题吧，爸爸。我在纽约鲍威利银行存了5000美元，我想这笔钱让您和妈妈去欧洲旅行是再合适不过了。"

然后他对这件事情做出了解释，虽然有些困难，可是牧师最后还是明白了自己一生的梦想终于要实现了，他和他的妻子真的

可以去欧洲了。

"好，好！谁能想到呢？"格雷德利执事说，"牧师的那个儿子一定是个聪明鬼。我从来没想到他会这么成功。不管怎么说，我觉得花1000美元去欧洲并不是一笔明智的投资，那笔钱可以买一个很大的农场。"

而另一方面，还有些人并不是那么狭隘，他们非常赞同牧师去欧洲旅行的计划。三个月之后，当牧师从欧洲回来的时候，他看起来焕然一新。他的眼睛也亮了，脸色变成健康的棕色，步伐轻快，看起来就像是年轻了6岁一样。

"这都是因为我有个好儿子。"他笑着回答众人的祝贺，"一个不仅能够自立，而且还能帮助其他人的好儿子。"

半年过去了。萨顿·格兰特现在已经长成了一个年轻人，成了雷诺德先生的小合伙人了。他把钱都存了起来，现在，对于他这样的年龄来说，他已经是个相当有钱的人了。他又见到了卡丽·克里夫顿小姐，就是他那年夏天在克尔布鲁克第一次见到的那位女士，从他们的关系看来，如果有一天萨顿成为一个珠宝富商的女婿，我们也不会感到惊讶的。

古德菲伯伯也原谅了萨顿当初坚持自己意见的做法。

威立斯·福特被关押在西部的一所监狱，他被判定犯有伪证罪，而且几乎没有任何机会上诉。他花光了艾斯塔布鲁克太太所有的钱，让艾斯塔布鲁克太太不得不靠着一位亲戚的施舍生活，而那个亲戚也不大欢迎她，对她一点都不体贴。对她来说，在所有让她感到耻辱的事情当中，最痛苦的莫过于看到自己一向痛恨的萨顿·格兰特居然发了大财。但是艾斯塔布鲁克太太是罪有应得。心怀恶意和心地不善良的人很少会得到好的结果。

图书在版编目（CIP）数据

萨顿的奋斗史：牧师之子的成长战争 /（美）霍瑞修·爱尔杰著；Ailsa译.
-- 南昌：百花洲文艺出版社,2017.1
ISBN 978-7-5500-2006-1

Ⅰ.①萨… Ⅱ.①霍…②A… Ⅲ.①儿童小说 - 长篇小说 - 美国 - 现代
Ⅳ.①I712.84

中国版本图书馆CIP数据核字(2016)第278856号

萨顿的奋斗史：牧师之子的成长战争

[美] 霍瑞修·爱尔杰 著　Ailsa 译

出 版 人	姚雪雪
特约编辑	周天明
责任编辑	王丰林
书籍设计	彭 威
制 作	黄敏俊
出版发行	百花洲文艺出版社
社 址	南昌市红谷滩世贸路898号博能中心A座20楼
邮 编	330038
经 销	全国新华书店
印 刷	江西千叶彩印有限公司
开 本	720mm×1000mm 1/16 印张 15.75
版 次	2017年5月第1版第1次印刷
字 数	145千字
书 号	ISBN 978-7-5500-2006-1
定 价	29.80元

赣版权登字 05-2016-389
版权所有，侵权必究

邮购联系 0791-86895108
网 址 http://www.bhzwy.com
图书若有印装错误，影响阅读，可向承印厂联系调换。